KINGDOM II
キングダム
遥かなる大地へ

映画ノベライズ

KINGDOM II
キングダム

遥かなる大地へ

原作 原泰久

小説 藤原健市

人物紹介

信

戦災孤児ながらも、成蟜の反乱で嬴政を助け、武功を上げた若者。亡くなった親友・漂との約束である「天下の大将軍になる」ことを夢見る。

嬴政

秦国の若き王。後の始皇帝。腹違いの弟・成蟜が起こした反乱を鎮め、見事に王宮へ帰還を果たす。

河了貂

鳥を模した不思議な蓑を被った、山民族の末裔。

羌瘣

人を超えた力を持つという伝説の暗殺一族「蚩尤」のひとり。蛇甘平原の戦いでは信たちと同じ伍として参戦。

尾平

信と同郷でお調子者。尾到とは兄弟で兄。蛇甘平原の戦いでは信と同じ伍の仲間として戦う。

尾到

信と同郷で真面目な人物。尾平とは兄弟で弟。蛇甘平原の戦いでは信と同じ伍の仲間として戦う。

澤圭

蛇甘平原の戦いで信たちの伍の伍長。

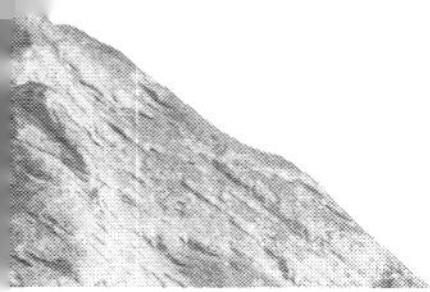

目次

縛虎申

猛将として秦軍の中で知られている千人将。

麃公

秦国の将軍。蛇甘平原の戦いでは秦軍の総大将を務める。常に他国との国境最前線で戦いに身を投じる。

呉慶

かつて列国に名を馳せた魏の七人の大将軍「魏火龍七師」の一人。蛇甘平原の戦いでは魏軍の総大将を務める。

王騎

秦の「六大将軍」最後の一人。列国に名を轟かす大将軍。「秦の怪鳥」の異名を持つ。

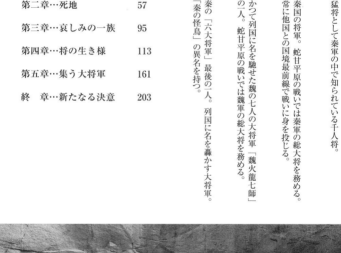

映画「キングダム2　遥かなる大地へ」

原作：原泰久「キングダム」（集英社「週刊ヤングジャンプ」連載）

監督：佐藤信介

脚本：黒岩勉　原泰久

製作：映画「キングダム」製作委員会

制作プロダクション：CREDEUS

配給：東宝　ソニー・ピクチャーズ エンタテインメント

この作品はフィクションです。
実在の人物・団体・事件などにはいっさい関係ありません。

序章

秦《しん》の王都、咸陽宮《かんようきゅう》。大王の住まう居城の奥、軍議の間。

壁の上方に明かり取りの窓があり、燭台にも火が灯《とも》っているが、部屋は薄暗い。

軍議の間の床には、戦国七雄《しちゆう》と呼ばれる国々――

秦、斉《せい》、楚《そ》、燕《えん》、韓《かん》、趙《ちょう》、魏《ぎ》の描かれた巨大な地図がある。

地図は平面のみでなく、山や丘などが立体的に作られた模型である。

軍議を行う台の前。地図を見下ろす、鋭い目の若い男が一人。

前《さき》に起こった王弟成蟜《おうていせいきょう》の反乱を鎮《しず》め、名実共に玉座《ぎょくざ》に着いた第三十一代の秦国大王。

嬴政《えいせい》、その人である。

成蟜の反乱の戦いの中、嬴政は協力関係を結んだ山の民《たみ》の長《おさ》、楊端和《ようたんわ》に、中華統一を誓った。

中華統一。

すなわち、地図に記されている秦以外の六国《こく》全てを統一するということに他ならない。

今は戦国の世である。

全ての国が覇を競っている今、恒久的な講和など望むべくもない。

交渉により一時的に和平を結ぶくらいはあるかもしれないが、互いに争い合うのが、七国全ての運命だ。

そのことを嬴政は、誰よりも理解している。

己《おのれ》の覇道《はどう》は、どこまで行っても血まみれだ――と。

将と兵、国の民。どれほどの血が流れたとしても、中華統一は成し遂《と》げなければならない。

これまで続いた五百年の争乱の世の先に、争いのない中華を創《つく》るために。

「……」

地図を見る嬴政は、ただ無言。無表情。その視線が、フッと横に動く。

スッと嬴政は静かに動き、傍《かたわ》らの台の上から鞘《さや》に納まったままの剣を取る。

軍議の間の入口、扉は閉められたままだ。

だが嬴政は、燭台の灯りが届かぬ暗がりに、人の気配を感じていた。

それも一人ではなく、二人。

許可なく大王の嬴政がいる部屋に入ってくる人間など、この国には一人もいない。

つまり。潜《ひそ》んでいる者は間違いなく、敵だ。

「――誰だ」

姿を見せぬ何者かに、嬴政は問うた。

待っていたかのように、左右の壁際の暗がりから、ゆっくりと人影が一つずつ、姿を見せる。

赤い頭巾《ずきん》に赤い装束《しょうぞく》。手には抜き身の剣。顔は目深《まぶか》に被《かぶ》った頭巾でよく見えない。

一人は剣を片手に持ち、もう一人が左右の手に二振りを持っている。二人の違いはそれのみで、服装も体格もそっくりで見分けがつかないほどだ。

侵入者の服装の特徴に、嬴政は見覚えがあった。

「朱凶《しゅきょう》……誰の命《めい》だ?」

朱凶。個人の名ではなく暗殺を生業《なりわい》とする一族の名だ。

なんの用だ、と嬴政は問わない。姿を見せた朱凶の目的は、ただ一つ。暗殺である。

嬴政は油断なく左右の朱凶たちから目を離さず、剣を抜く。

「……死ぬ人間に教えても意味はない」

片方の朱凶が告げた。同時に二人の朱凶が嬴政へと襲いかかる。

ギンッと嬴政は一撃目の剣を、己の剣で弾《はじ》いた。

二撃、三撃と朱凶たちが交互に嬴政へと剣を振るう。

嬴政も剣の腕にはそれなりに覚えがあるが、それでも二対一では防戦一方だ。

だが嬴政でなければ、とっくに朱凶たちは目的を達成している。

「ハッ!」

嬴政は朱凶の剣を弾き、その反動で相手に斬りつけたが避けられた。

攻撃に転じた隙《すき》を嬴政は突かれ、朱凶たちが連携して攻める。

嬴政は反撃を試みるが、朱凶たちは身軽な動きで簡単に躱《かわ》し、一方的に嬴政を攻め立てる。

朱凶たちの剣の連撃をこらえていた嬴政だが、重い一撃に、ついに体勢を崩した。

そこに、さらなる追撃。嬴政はかろうじて剣で攻撃を受けたが、大きく跳ばされた。

嬴政は背中から軍議台に叩きつけられ、うずくまる。

倒れた嬴政に朱凶たちが飛びかかろうとした時だ。

「軍議の間だ！　守備兵!!」

部屋の外から男の叫びが聞こえ、バンッと入口の扉が外から押し破るように開かれた。

秦の兵士が複数、軍議の間になだれ込んでくる。

兵士たちの中に、髭《ひげ》を蓄えた文官が一人。嬴政の側近、昌文君《しょうぶんくん》である。

異変を察した昌文君が、兵士を引き連れてきたようだ。

「大王様をお守りしろ！」

昌文君が賊二人に目を向ける。

「朱凶。どこの国の差し金だ」

暗殺者が答えるはずのない問いを昌文君が口にした。

立ち上がった嬴政が軍議台から離れつつ昌文君に声を投じる。

「昌文君！」

昌文君が嬴政のもとに駆け寄った。

「申し訳ありません。自分の落ち度です」

言いつつ昌文君も自《みずか》ら剣を抜く。

「大王様、お引きを！」と昌文君。

その声を合図に、秦の兵士たちが朱凶たちを取り囲む。

兵士の数は、十人以上。だが朱凶たちに動揺の気配はない。

「賊め！」「大王様、お下がりください！」

兵士たちが次々と朱凶たちに斬りかかる。

だが朱凶たちには、切っ先一つかすりもしない。

逆に朱凶たちが剣を振るうたび、一人、また一人と兵士が倒れ伏す。

嬴政の呼吸が整う程度の短い間に、兵士たちはあっけなく全滅させられてしまった。

朱凶たちの息はまったく乱れていない。

まるで予定通りだというように、朱凶たちが再び嬴政に剣を向ける。

「大王、覚悟」

凶刃《きょうじん》が嬴政へと振り下ろされる——

瞬間。その剣が弾かれた。

朱凶たちの目に明らかな動揺が浮かぶ。

飛び込んできた人影が、己の剣で朱凶の斬撃を防いだのだ。

兵士たちをものともしなかった朱凶の剣を止めたその男の腕が、並外れたものである証《あかし》。

痩《や》せぎすな筋肉質の身体に粗末な服を纏《まと》った、少年から青年になりかけの若い男だ。

「待たせたな」

元下僕《げぼく》の、その男。後《のち》に必然となる偶然から嬴政と出会い、王弟成蟜の反乱で嬴政を助けて武勲《ぶくん》を上げたが、今はまだ、天下の大将軍という身分不相応の夢を見るただの雑兵《ぞうひょう》。

だが嬴政にはかけがえのない、友とも呼べる唯一《ゆいいつ》の存在。

その名を、嬴政は口にする。

「……信《しん》」

に、と笑みを浮かべた信に、昌文君が驚きの顔で問う。

「なぜ、ここに⁉」

その問いに、入口のほうから返事が来る。

「私が呼んだのです」

文官が一人、そこにいた。先だっての成蟜の反乱首謀者の一人、竭氏《けっし》に従っていた男だ。

「肆氏《しし》」

と昌文君が文官の名を呼んだ。

肆氏は反乱に関わってはいたが、優秀な人材なため、嬴政の判断で重罰にはなっていない。

その肆氏が不穏な動きを察し、信をこの場に遣《つか》わせたようだ。

「こんなとこまで刺客《しかく》に入り込まれるようじゃ、中華統一なんてまだまだ先だな」

信が軽口を叩きつつ、剣をぐるぐると回してみせた。

嬴政の顔が、わずかにむっとする。

信が、へっと軽く笑うと朱凶たちに突っ込んだ。

二対一だが、信は数の不利をものともしない。

剣閃《けんせん》の鋭さと体さばきの速さで、朱凶たちを圧倒する。

床の中華の地図模型を踏み荒らすが、気にしている場合ではない。そんなものを気にしていたら、やられるだけだ。

朱凶たちが水平に振るった剣を信がのけぞってかわし、体勢の崩れた朱凶を蹴り飛ばした。

反《そ》った上体を起こす勢いを乗せて、信が剣を振り下ろす。

切っ先が浅く朱凶を捉《とら》え、斬られた朱凶が後退する。

信は余裕の表情だ。秦の兵士たちを歯牙《しが》にも掛けなかった朱凶たちには動揺の気配がある。

朱凶たちは、信に任せられる。

そう信じたか、嬴政が信と朱凶から視線を外し、近くに来ていた肆氏に問う。

「かつて反旗を翻《ひるがえ》した王弟側のお前が、なぜ信を」

肆氏が嬴政に、改めて礼をした。

「半年前の内乱の折、たった一人で刺客の朱凶、ムタを返り討ちにし、あげく左慈《さじ》まで倒した元下僕」

ムタは嬴政を狙った刺客。左慈は成蟜の反乱に荷担《かたん》した武将。どちらも恐るべき敵だったが、激闘の末、信が打ち破っている。

王弟成蟜の反乱の際の、信の手柄《てがら》を肆氏が簡潔に述べ、ちらりと昌文君を見やる。

「──正直。大王様配下の者より、頼りになるかと」

昌文君が、ばつが悪そうな表情で小さく舌打ちをした。痛いところ突かれても返せる言葉がないらしい。

事実。信は昌文君配下の兵士たちを全滅させた朱凶二人を、一人で圧倒していた。

信の鋭い剣閃が、片手剣の朱凶の手から剣を弾き飛ばす。

両手剣の朱凶が即座に剣を一本、得物《えもの》を失った朱凶に投げて渡した。

剣を受け取った朱凶が態勢を立て直し、朱凶たちが左右から信へと剣を振るう。

「シャアッ!!」

気合いと共に、信の剣が閃《ひらめ》く。ほとんど同時に、左右の朱凶たちを斬る。

朱凶の一人が信の近くにくずおれ、もう一人が大きく跳ばされ、離れた場所に倒れ込む。

「……」

朱凶はどちらもうつ伏せになったまま、動かない。

ふ、と場の緊張感が薄くなり、剣を構えたままの信の身体からも力が抜ける。

終わった。

そう思えた瞬間、驚くべき速さで朱凶のひとりが身を起こした。死んだふりで機会を窺《うかが》っていたようだ。

朱凶の片手には投擲《とうてき》用の刃《やいば》。おそらく毒が塗ってある。

「！」
信は一瞬で気を張りなおし、眼前の朱凶を斬った。
確実に急所を捉えた一撃だ。今度こそ朱凶が断末魔《だんまつま》の声もなく絶命する。
次、と振り返る信の視線の先。もう一人の朱凶の動きが、不意に止まった。
投擲用の刃を持った朱凶の手の甲に刺さっているのは、吹き矢だ。
その吹き矢に信は見覚えがあった。
かつて嬴政を暗殺せんと襲ってきた刺客ムタが使っていた、毒の吹き矢だ。
その毒の吹き矢を受けて、信は死にかけたことがある。
その吹き矢の今の使い手が、入口近くに得意げな顔で立っていた。
梟《ふくろう》を模した蓑《みの》を纏った、小柄な影。
信と共に王弟成蟜の反乱で嬴政を助けた、山の民の出の子供、河了貂《かりょうてん》である。
「腕を上げただろ」
「テン！」と信。まだ油断はできない。信と残った朱凶との間には距離がある。
信が動く前に、昌文君がその朱凶を背後から斬りつけた。
一歩二歩と朱凶がふらつき、倒れる。こちらも今度こそ致命傷のようだ。
「助かったぜ、テン」と信。
「へへん」と得意げな顔で河了貂。

今度こそ、終わった。

信が背負った鞘に剣を納めた直後、昌文君が嬴政の前にひざまずいた。

「大王様、申し訳ございません！」

昌文君が床に額《ひたい》を押しつけ、続ける。

「大王様を危険に晒《さら》したのは、この愚臣の責任！　お望みであればこの昌文君、この場で死んでお詫びを！」

傍らに置いた剣で自害も辞さない勢いの昌文君に、信が呆《あき》れる。

「相変わらず大げさだな、おっさん」

頭を上げた昌文君が、む、と黙り込む。

一瞬静まり返った軍議の間に、息も絶え絶えの朱凶のかすれた声が響く。

「……くそ。蚩尤《しゆう》さえ来ていれば、お前たちは皆殺しに……」

昌文君に斬られた朱凶が絞り出すようにそう言った後、息絶えた。

「シユウ……？」

怪訝《けげん》そうな表情で、信が呟《つぶや》く。

「人を超えた力を持つという伝説の暗殺一族だ」

信の疑問に答えたのは嬴政だった。続けて、

「かつて、たった一人で小国を滅亡に追い込んだという逸話《いつわ》もある」

誰の耳にも大げさにしか聞こえない話だったが、嬴政は真顔だ。

その嬴政の表情が、逸話の真実味を感じさせる。

河了貂が怖々と呟く。

「化け物かよ……」

嬴政が視線を河了貂に向けた。

「蚩尤は別の名を、哀しみの一族とも言われる」

「なんで哀しみの一族なんて……？」

河了貂が微妙な表情になった。

化け物という印象と哀しみという言葉が、河了貂の中では噛み合わないらしい。

嬴政の言葉を、信が一蹴《いっしゅう》する。

「くだらねぇ、そんなのどうせ単なる言い伝えだろ。それにどんな奴だろうが、俺が軽く捻《ひね》ってやるって」

嬴政からの言葉はなく、蚩尤の話題はそれで終わった。

昌文君が、話題を変える。

「しかし。城の内部にまでに暗殺者に入られたと、外部に知られてはまずい。この件は決して口外するな」

信と河了貂、肆氏への言葉だ。皆、無言で了承する。

と、そこに入口から兵士が一人、駆け込んできた。すぐさま礼をし、嬴政へと告げる。

「大王様、すぐにお戻りくださいっ」

明らかに慌《あわ》てている兵に、嬴政が問う。

「どうした？」

「隣国、魏が、国境を越え進軍を始めたとっ!!」

「……なに？」

疑問を漏《も》らした嬴政だが、顔に驚きの色はない。

昌文君と肆氏が、顔色を変えて視線を交わした。

「……」

信は無言。目に宿る意志の光が強くなる。

魏軍の侵略。すなわち、戦争が始まるのだ。

×　　×　　×

咸陽宮、大王の間。

普段は居並ぶ臣下を前に、壇上の玉座に嬴政が腰を据え、謁見《えっけん》や会合の執務を行う豪奢《ごうしゃ》な造りの広間だが、今は、人払いがされている。

大王の間にいるのは嬴政と信、河了貂のみだ。

戦争が始まれば、大王の嬴政と雑兵の信に、言葉を交わす時間などない。

嬴政と信、河了貂は三人で数多《あまた》の危機を乗り越えた仲だ。身分の差とは関係なく、通じるものがある。

玉座に座らず信の傍《そば》に来た嬴政が、遠くを見るような目をする。

「大きな戦《いくさ》が始まる」

「…………」

信も顔を上げ、遠い目をした。

その脳裏に、忘れてはならない友の言葉が蘇《よみがえ》る。

『一度奴隷になったら、大人になっても奴隷だ。抜け出すには、剣しかない！　天下の大将軍になるぞ、信!!』

嬴政と見紛《まが》うほどによく似た容姿をした信の友、漂《ひょう》。

嬴政の影武者として漂は立派に役目を果たし、散った。

漂は信が買われた家にいた下僕で、信に、下僕が身を立てるには剣しかないと教えたのは、他ならぬ漂だ。

無二の友となった漂と、夢を語り合い木剣《ぼっけん》で競い合った日々。

戦争で手柄を上げて立身出世し、いつかは大将軍になる。

そんな身に余る夢を、信と漂は、必ず叶《かな》えると誓い合った。

「……漂。いよいよだ。これが、天下の大将軍への本当の第一歩だ」

「……武運を祈る」

と嬴政。信は、にっと笑って頷《うなず》くと河了貂に告げる。

「テン、お前はここで待ってろ」

「でも……」と渋る河了貂に、諭《さと》すように嬴政が頷いてみせた。

不安げな河了貂に、信が明るく振る舞う。

「大丈夫だ！　よおし、いっちょ派手に暴れてくるぜ！」

時は、紀元前二四五年。
秦の若き大王嬴政の夢、中華統一。
下僕の身から剣で身を立てようとする信の夢、天下の大将軍。
二人の道は、この戦争より始まる。
敵は、魏。決戦の地は、蛇甘《だかん》平原。

第一章

初めての戦場

秦《しん》の東方の隣国、魏《ぎ》が国境を越えて侵攻を始めた。

秦は魏の軍を迎え撃つべく、各地から兵士を召集。魏軍、秦軍、双方共に動員した兵士は十万を超える。

だが秦軍の態勢はまだ整わず、軍備を整えてから侵略を始めた魏軍のほうが、現時点の戦力で秦軍をはるかに上回っている。

大軍同士の激突の地は、魏と秦の国境にある蛇甘《だかん》平原である。

蛇甘平原では魏軍と秦軍がそれぞれに陣を構え始め、開戦に備えていた。

秦側から蛇甘平原への街道は、あまり整備されておらず、大小の石が転がり荒れ地同然だ。

その街道を、粗末な格好に槍《やり》や剣を携《たずさ》えた年齢も様々な男たちが、数多く歩いている。

あちらこちらの村から召集された、寄せ集めの歩兵たちだ。

手にしている武器もたいていは粗悪なもので盾《たて》はなく、防具の類《たぐい》を身に纏《まと》ってもいない。当面の生活必需品を布にくるんで背負っているだけだ。

戦場では真っ先に死に行く雑兵《ぞうひょう》たちが、街道を進む。

向かう先は死地であっても、足取りは決して重くはない。

誰にも死ぬ気などない。あるのは、手柄《てがら》を上げて褒賞《ほうしょう》をもらい、故郷に凱旋《がいせん》する夢だけだ。

歩兵たちの中に、一際《ひときわ》張り切っている男がいた。

信《しん》である。誰に命じられたわけでもないが、剣を背負ったまま街道脇の岩に上り、声を張る。

「進めーッ！　急げーッ！」

ぶんぶんと手を振り、歩兵たちに進軍を促《うなが》す信。そんな信の傍《そば》を通る誰もが、呆《あき》れ顔だ。

「なんだ、あいつ」

「うるせぇぞ、ガキ！」

呆れられ、悪態をつかれても信は構わず、勝手な号令をかける。

「おらおらあっ！　もたもたしてっと戦《いくさ》が終わっちまうぞ！」

信の前で男が二人、立ち止まった。男たちが、しばし信を見やる。

「あ」と男たちが、揃《そろ》ってなにかに気づいたような顔になった。

「ん？」と首を傾《かし》げる信。

男の片方が、親しげに信へと近づいた。

「信！　信じゃねぇか！」

呼ばれて信も思い出した。男たちは、かつて信が下僕をしていた城戸《じょうと》村での顔なじみだ。

信は岩から飛び降りて男たちに近寄ると、遠慮なく彼らの肩を叩く。

「よお、チンピラの尾《び》兄弟！」

痩《や》せ気味で人の好《よ》さそうなほうが兄、尾平《びへい》。手には長い槍を持っている。

がっしり体型で芯の強そうなほうが弟、尾到《びとう》。腰に鞘《さや》に納めた剣を下げている。

尾平がさっそくとばかりに言い返す。

「チンピラ言うな」

チンピラ呼ばわりを気にせず、尾到が信に驚いた顔を見せる。

「信、お前！　生きてたのか!?」

尾平も、驚き半分安堵《あんど》半分という表情だ。

「漂《ひょう》が殺された夜からずっと行方《ゆくえ》不明で、てっきりお前もどっかで殺されてると思ってたぜ」

尾兄弟の言葉は、もっともだった。

成蟜《せいきょう》の反乱の折、嬴政《えいせい》の身代わりになった瀕死《ひんし》の漂が城戸村の信のもとへと辿《たど》り着き、嬴政の守護を託し、信の腕の中で息を引き取った夜から、信は一度も、村には戻っていない。

あの夜から、すでに半年が過ぎている。行方知らずの下僕など、どこかで野垂れ死にしたと思われて当然だ。

信はそんな自分のことよりも、結果的に置き去りにしてしまった漂の亡骸《なきがら》が気になった。

「あ、漂は……」

と信。尾到が自分の手柄のように言う。

「葬儀はしたぞ。大勢集まった」

「ああ。漂はみんなに好かれてたからな」

と尾平。さらに尾到が言い加える。

「この戦から帰ったら、信。すぐに墓参りに行けよ」

信は顔に安堵の色を浮かべた。

「そうか……ありがとうな。でも墓参りに行くのは、二人の夢が叶《かな》ってからだ……」

信は、ぐっと固く両の拳を握った。

二人の夢。

それは天下の大将軍。

その夢は、戦で手柄を立て続けた先にある。

道半ばで墓参りに行ったとしても、漂は決して喜びはしない。

なにをしに来たんだ、信？　お前はこんなところに来る暇《ひま》があるのか？

もし今、墓前に立てば、そんな漂の声が聞こえそうで、信は身の引き締まる思いがした。

――そんな暇なんかねえよな、漂。

信の鋭い目には、揺るぎない意志の光が宿っている。

尾到が信を観察するように、まじまじと見た。

「……信、お前。雰囲気、変わったな。どこでなにしてたんだ？」

鋭い表情から一転、信は破顔《はがん》した。

「俺らの国の大王を、この手で救ってやった！　褒美《ほうび》に小屋をもらったんだ。俺の城だ」

尾平と尾到が一瞬呆れるようなことさえなく、すぐに笑いだす。

「相変わらず馬鹿なこと言ってんな、お前」

「昔っから、漂と一緒に天下の大将軍になるなんて大ぼら吹いてたもんな！」

尾到が馴れ馴れしく信の肩に手を回し、笑った。

尾兄弟は信の言葉をまったく信じていないようだ。

馬鹿なこと。大ぼら。いくら嘲《あざけ》られようとも、信は意に介さない。

だがいい気はしないから、遠慮なく怒鳴り返す。

「うるせえ！　俺と漂の道は、この戦から始まるんだよ！」

×　×　×

信が尾兄弟と再会したその頃。

秦の王城、咸陽宮《かんようきゅう》。大王の間に文官たちが集《つど》っていた。

玉座《ぎょくざ》には嬴政。その前に道を開けるように、左右に分かれ、文官たちが列を作っている。

列のもっとも嬴政に近い場所に、昌文君《しょうぶんくん》の姿がある。

列から少し離れた場所に、河了貂《かりょうてん》がいた。河了貂はいつもの梟《ふくろう》の格好のままだ。場には不似合いそのものだが、河了貂は嬴政の庇護《ひご》下にある。

それを文官たちも承知しているため、誰も河了貂の存在も格好も、気にかけはしない。

考えるべきは魏との戦のみである。文官たちはそれぞれになにかを考えているのか、それとも嬴政の言葉を待っているのか、全員が黙したままだ。

「魏軍か……」

と、重々しい口調で嬴政。昌文君が進言する。

「厄介な敵です。四方に敵国を構えて長年、戦に明け暮れているせいで全軍が戦い慣れしています。我々は急な軍の編成に追われ、後手に……」

ふむ、と嬴政。

「魏には確か、火龍《かりゅう》とあだ名される大将軍が」

「はい。かつての秦の六大将軍のように、魏には魏火龍七師《ぎかりゅうしちし》がおりました。まだ生き残りがいるとも……」

昌文君が語尾を濁す。その意味を嬴政が察する。

「もし、それが。出てくるとなると」

「……相当、手ごわいかと」

魏火龍が戦場で指揮を執《と》っているならば、ただでさえ兵の数で劣る秦軍の苦戦は必至。

少なくとも、楽に勝てるということだけは、ないだろう。

おそらくは大量の戦死者が出る。それで戦に勝てるならば、まだいい。

蛇甘平原での戦いが敗北に終わった場合。先々、秦そのものの存亡さえ怪《あや》しくなる。

今はただ、秦軍の健闘を祈る他、なかった。

敵に火龍と呼ばれる魏の大将軍がいる可能性など知る由《よし》もなく、信たちは蛇甘平原に向かっている。

×　　×　　×

道の先に、人だかりができている。その様子に信が気づいた。

「ん？　なんか、人が集まってるぞ」

一般の歩兵たちとは違って下級の将らしい装備の男が、人を集めて指示をしているようだ。

「俺たちの隊の百人将みたいだな」と尾平。

百人将は、おおよそ百人の兵士を率いる部隊の長で、将としては一番下の位《くらい》である。

その上が千人の兵士を従える千人将。さらに五千人を従える五千人将。

千人将や五千人将を束ねる立場が、将軍だ。

信が目指す大将軍は、将軍の中でも特別に秀《ひい》でた存在。

秦にはかつて六大将軍という制度があり、大王に選ばれた六人の大将軍が存在したが、紆余《うよ》曲折《きょくせつ》の末、制度が廃された。

六大将軍を復活させるという動きもあるが、今現在、元六大将軍の生き残りは、一人のみだ。

当面の信の目標となる百人将が、大声を張り上げる。

「伍《ご》を作る！　伍長、集まれい！」

聞き覚えのない言葉に、信が首を捻《ひね》る。

「ご？」

尾到と尾平の顔に、明白な呆れが浮かんだ。

「お前、伍を知らないのか？」と尾到。

「よく従軍できたな。初陣《ういじん》の俺たちでも知ってるぞ」と尾平。

信がむっとした顔になる。

「なんだよ、ごって」

やれやれと尾平。仕方ないなというふうに尾平が説明する。

「伍っていうのは歩兵の五人組のことだ。伍長を中心にして、五人の歩兵が運命共同体になって戦うんだよ」

さらに尾到が話を続ける。

「俺たち歩兵は、どんな伍に入るかによって、武功を上げて帰るか、死体で帰るかが決まるらしい」

信が尾兄弟から説明を受けている間にも、伍作りの交渉が始まっている。

にわかに周辺が騒がしくなった。

「おい！　俺の組に入れ！」

「帰ったら妹紹介すっから、うちに来い！」

伍長と思《おぼ》しき経験豊富と見える歩兵が、屈強そうな男を選んで声をかける。

歴戦の兵士という雰囲気がある白髪頭の男が、強引に頑健な男たちの肩にそれぞれ、手をかけた。

「お前ら。俺、沛浪《はいろう》様の伍に入れ」

「お、おう」「お前が誘うなら、まあ」

誘った男の迫力に、誘われたほうは気圧《けお》されたようだ。否応なしに伍に入るだろう。

「沛浪が持っていったか」

「あの伍は最強だな」

と、頑健な男を誘い損《そこ》ねた伍長たちが言った。

白髪頭の兵士の名は沛浪と言うらしい。名が知られるほどだ、沛浪はいくつかの戦場で生き延びてきたに違いない。すなわち、強い。

強者が強者に目をつけ、伍に誘う。己《おのれ》の強さをまずは認めさせないと、話が始まらない。

それがこの場流のやりかただと、信は理解した。

「なるほど、強そうな奴から売れてくんだな！」

ならば黙って待つ意味などない。信は大声を張り上げる。

「おい、お前ら聞きやがれッ！」

誰よりも大きな声だ。だが、誰も信を見ようとはしない。構わず信は怒鳴り声で名乗る。

「城戸村の信とは、俺のことだ!!　この中の誰よりも強《つえ》えぞッ!!」

自信満々で、信は胸を張った。しかし一人として、信の言葉を聞いてすらいない。

信と一緒にいる尾平、尾到、三人まとめて周囲から完全に無視されている。

信たちは初の戦場だ。誰も信たちのことを知るはずがない。

成蟜の反乱での活躍など、もし信が語ったところで、誰も事実だと信じないだろう。

大嘘にもほどがあると笑い飛ばされるだけだ。

「ふざけんな、お前ら！　俺は天下の大将軍に――」

誰彼かまわず言い募《つの》ろうとする信を、尾平と尾到が宥《なだ》める。

「もういいから、やめろ」

「みっともねぇ」

けどよ、と言いかけて信は、自分たち以外にも周囲に無視されている歩兵に気づいた。

秦ではあまり見かけない装束《しょうぞく》だ。襟巻《えりま》きで鼻まで顔を覆《おお》い、太い鉢巻《はちま》きを目深《まぶか》に巻いているので顔は目元しか見えない。

剣を一本背負ったその身体は華奢《きゃしゃ》で、背も低め。見た目も雰囲気も、まだ子供のようである。

信はその鉢巻きの歩兵に近づき、声をかける。

「ん？　お前も売れ残りか？」

尾平と尾到も信についてきた。

「子供みてえだな」と尾平。

「こんなところにいないで、帰った方がいいぞ」と尾到。

信は鉢巻きの兵士に、さらに歩み寄る。

「残りもん同士、仲良くしようぜ」

「……」

鉢巻きの歩兵は無反応だ。信たちのほうをちらりとも見ない。懲《こ》りずに信は声をかける。

「おい。せっかく話しかけてやってるのに、無視すんなって」

「……」

それでも鉢巻きの歩兵は無反応。さすがにその態度が気に入らず、信は声を荒らげる。

「おいって！」

摑みかかりそうな勢いの信。そこに、人の好さそうな中年の歩兵がやってきた。

「ああ、残り物の皆さんですね」

声をかけてきた中年の歩兵に、信と尾兄弟が顔を向ける。

「どうも。伍長の澤圭《たくけい》といいます。頼りない伍長なので、いつも残り物の皆さんと伍を組んでいまして……よろしくお願いします」

澤圭と名乗った中年男が、ぺこりと頭を下げた。

誰も兵士を連れておらず、澤圭は一人きりだ。自分で頼りないと言うだけあって、仲間になってくれる歩兵はまだ見つかっていないらしい。

信は不躾《ぶしつけ》な目でじろじろと澤圭を見た。澤圭の風体《ふうてい》には、迫力の欠片《かけら》もない。

「……なんだ、この弱そうなおっさん」

はは、と恐縮するように弱々しく笑う澤圭。と、そこで信は気がついた。

自分と尾兄弟。鉢巻き。このおっさん。

「つか、あ？　これで五人組かよ！」

とりあえず伍が組めたということだ。ひとまず戦に参加する最低限の体裁《ていさい》だけは整ったが、顔ぶれには不安が残る。信は不満そうな顔をし、尾平が露骨に気を落とす。

「……最悪だ。この五人じゃ、すぐに死ぬ……」

勢いだけの信。戦場初体験の尾平と尾到。

やる気があるのかさえわからない鉢巻き。

そして頼りないと自分で言ってしまう、余り物の伍長。

尾平の落胆も当然の反応だろう。だが澤圭は平然と振る舞っている。

「皆さん、お名前は？」

「信だ」「俺は尾平」「弟の尾到です。よろしく」

名乗る信たち。鉢巻きの歩兵はちらりと澤圭を見るだけで、無言のままだ。

「あなたは？」

と、改めて澤圭が問うた。それでも黙っている鉢巻きの歩兵に、澤圭が諭《さと》すように言う。

「これから命を預ける仲間です。名前だけでも」

「……羌瘣《きょうかい》」

鉢巻きの歩兵がちらりと澤圭を見て、小声で名乗った。声は高く、見た目通りに子供のようだった。鉢巻きの歩兵が、さらに不満そうにぶつぶつと告げる。

「嫌いなことは喋《しゃべ》ること……以上」

ぷいっと鉢巻きの歩兵――羌瘣が、そっぽを向いた。その振る舞いに、信はかちんときた。

「なんだ、てめえ。その態度は」

信が羌瘣に詰め寄ろうとしたその時に、伍を作れと命じた百人将の声が聞こえた。

「整列！　整列だ！　千人将の騎馬隊が通るぞ！」

「千人将の騎馬隊？」

信は声がしたほうに、パッと視線を向けた。澤圭が、やや慌《あわ》てた素振りをする。

「急いで並んでください。千人の兵を抱《かか》える武将が通ります。無礼者は切り捨てられることもあります」

戦の前に殺されては無駄死ににもほどがある。全ての歩兵たちがあたふたと整列を始めた。

信も周囲に合わせ、仕方なく列に加わる。

がつがつと荒れ地を進む馬の蹄《ひづめ》の音が聞こえ、ほどなくして、騎馬隊が歩兵たちの列の前にやってきた。

長い騎馬隊の列を率いる騎兵は、他の騎兵より鎧《よろい》の造りが立派で他の装備もよい。千人将だろう。

「あれが千人将……？」

信が歩兵の列から離れ、無造作に騎兵の隊列の前に歩み出る。

ざわっと歩兵たちの列に動揺が走った。

先ほど一番に伍を作っていた沛浪が、ぼそっと呟く。

「あの馬鹿、首を飛ばされるぞ」

当然の結末だ。ただの歩兵が千人将の騎馬の隊列を止めてしまうなど、決して許されることではない。

信の前で、千人将が馬を止めた。

次の瞬間には馬上で千人将が怒声と共に剣を振るい、愚か者の首が宙を舞う――と、誰もが予想しただろうその光景は、しかし現実にはならなかった。

軽い口ぶりで、信が馬上の千人将に声をかける。

千人将の顔に、信は見覚えがあった。

「よぉ、壁《へき》。久しぶり！」

あろうことか、信が千人将を呼び捨てにした。

歩兵たちにさらなる動揺が広がる中、千人将が嬉しそうに表情を緩《ゆる》める。

「信。元気そうでなによりだ」

×　　×　　×

信と壁は、他の兵士たちと少し離れた場所に並んで腰を下ろした。

友人という関係ではないが、信と壁は、成蟜の反乱で死線をくぐった仲だ。

地位と立場を越えた仲間意識を互いに持っている。

初めて戦場に臨《のぞ》む信に、壁には伝えておきたいことがあるらしい。

「此度《こたび》の戦場は、お前が思っているより苛烈《かれつ》なものになるかもしれない。すでに秦側で、皆殺しになった城がある」

「皆殺し?」と信。壁が一つ頷いた。

「ああ。魏国はまず国境にある城、丸城《がん》に攻め込んだ。魏軍の総勢はおよそ九万、対する我が軍は丸城と付近の国境守備隊を併せて五千で迎え撃ったが、またたく間に城は陥落した」

壁が話を続ける。

「大王様は遠征準備中の麃公《ひょうこう》将軍に丸城を攻めた魏軍討伐《とうばつ》の命《めい》を出したが、こちらの動きを察した魏軍は丸城を捨て、部隊を蛇甘平原に展開させた。その際、魏軍は丸城に火を放ち――戦う意思のない女や年寄り、生まれたばかりの子供まで……皆殺しにしたそうだ」

戦で兵士が死ぬのは、当たり前のことだ。しかし戦で民が死ぬのは、決して正しいことではない。

ぎり、と信は歯ぎしりをし、顔に怒りを滲《にじ》ませた。

「……どこのどいつだ、そんなふざけた真似しやがったのは」

「魏軍の総大将、呉慶《ごけい》将軍だ」

「呉慶将軍？」

「秦の六大将軍に並ぶと言われた魏の七人の大将軍、魏火龍七師の一人だ。もともと魏の人間ではないそうだが、戦の天才で、大将軍にまで上り詰めたと言われている。呉慶将軍は今回、自《みずか》ら秦国攻撃の総大将に名乗り出たそうだ」

魏の大将軍、呉慶。大将軍というからには、並外れた存在に違いない。

秦の元六大将軍の一人、秦の怪鳥とあだ名される王騎《おうき》に、信は会ったことがある。存在感、武力。共に常軌《じょうき》を逸した存在で、さすがは大将軍と信は納得させられた。

その秦の大将軍に匹敵する敵が、向かう戦場にいるらしい。

信は身の引き締まる思いがした。壁が話を続ける。

「蛇甘平原で魏軍を討ち取らねば、秦国は深くまで進攻され、丸城のような悲劇がさらに増えることになる」

「――そうか。そうだよな」

敵の総大将について、信は信なりに理解した。となると、自分たちの運命を預ける相手が気になる。

「で、こっちの総大将は？」

「麃公将軍だ」

信には聞き覚えのない名だった。

「麃公将軍？」

「秦国の最前線に居続ける変わり者で、正直、その実力は未知数だな」

未知数。壁にも麃公の力がどれほどのものか、わからないようだ。

死ねと命じる人間の実力がわからない。正直、不安を通り越して怖さを覚えたとしても仕方がない。

それでも信は怖《お》じ気《け》づいたりはせず、ただ表情を険《けわ》しくした。

壁は、信の気持ちを察したらしい。

「……死ぬなよ、信。私は一足先に蛇甘平原に向かう」

歩兵と騎兵では行軍速度が違う。壁の率いる騎馬隊が、先に戦場入りするようだ。

「ああ！　壁もな！」

互いの武運を願い、信と壁は軽く拳をぶつけ合うと立ち上がって離れた。

そして、それぞれに死地へと向かうのだった。

×　　×　　×

蛇甘平原は、その大部分が荒野だが、丘が二つある。丘は山と呼べるほどの高さはないが中腹には森林があり、平地から攻め上がる側が不利を被《こうむ》る地形だ。

地形の高低差を利用して戦場を俯瞰《ふかん》するのにも適しており、魏軍はすでに丘を二つとも制圧している。

その一つに、呉慶将軍自らが座す本陣が構えられた。

多くのかがり火が焚《た》かれた陣の周囲には、木枠で組んだ簡易な壁に陣幕が張られ、陣幕の外には守備隊が控えている。

本陣の中央。盤上に広げられた蛇甘平原の戦略図を、顔に白と朱で異様な紋様の化粧を施《ほどこ》した男が見下ろしていた。

背後には、魏火龍の文字が躍《おど》る大旗。

蛇甘平原魏軍総大将、魏火龍七師の生き残り。

大将軍、呉慶である。

伝令の兵士が呉慶に礼をし、告げる。

「副将、宮元様《きゆうげん》。第一の丘への布陣が完了しました」

戦略図の上。本陣より秦の国境に近い丘に、副将、宮元の陣の印が刻まれる。

宮元が陣を構えた場所が第一の丘、呉慶の陣がある場所は第二の丘と呼称されている。

呉慶の傍に控える副官が、満足げに言う。

「呉慶様、二つの丘を先に押さえました。これでわが軍が圧倒的に有利となりましたな」

秦の丸城を攻略した時点で大軍の編成ができていた魏軍に対し、秦軍はかなりの遅れを取っていた。

平地にも、秦軍はまだ集まりきっていない。対して魏軍は丘に陣を二つ構え、平地には部隊がすでに集結し、陣形の展開を始めている。先手を打った魏軍が、有利の戦場だ。

副官は自軍の勝利を確信しているらしい。

だが呉慶は険しい表情のまま、無言。

「……」

呉慶は歴戦の将軍である。たとえ先手を打って有利に布陣しても、戦の結果がその通りになるとは限らないと、この場の誰よりも知っている。

故《ゆえ》に、現時点で口に出す言葉など、なかった。

×　×　×

蛇甘《だかん》平原の秦国境に近い平地の一角に、秦の旗がいくつもはためいている。

秦軍の構えた本陣だ。秦軍は簡粗な小屋を建て、そこを本陣にしている。

ここでも蛇甘平原の戦略図が盤上に広げられ、複数の将が戦略図を囲んでいた。

先ほど到着した千人将の壁《へき》、壁とは幼少時からの付き合いで別の隊を率いる千人将、尚鹿《しょうかく》も場に加わっている。

戦略図を前に苦々しい顔をしているのは、麃公《ひょうこう》将軍の副官だ。

「二つの丘を奪われたか……」

「平地戦で丘は城に匹敵する。守るに堅く、攻めるに易《やす》い」

と別の将。魏の本陣で呉慶の副官たちが有利と判断したように、ここでは秦軍の不利と、戦略図の状態を誰もが判断できる。

しかも、魏軍の侵略を迎え撃つ形となった秦軍は、予定の全軍がまだ集結していない。

ただちに開戦となれば、兵士の数でも大幅に不利になる。

戦に、絶対はない。布陣だけで戦の勝ち負けが決まることはない。

だが確実に、勝利のためには大勢の兵士が犠牲になるだろう。

楽に勝てる。それだけは、ありえないのだ。

本陣の将たちに、重い沈黙が広がった。

静寂《せいじゃく》を破ったのは誰かの言葉ではなく、荒々しい足音だ。

ハッとして、将たちが現れた人影を見やる。

派手で豪奢《ごうしゃ》な肩掛け外套《がいとう》を翻《ひるがえ》して現れた、大柄な壮年の男。

頑健そうな体軀に鬣《たてがみ》のような長髪、ぎらついた目。獰猛な獣の雰囲気を纏っている。

秦軍総大将、麃公将軍である。

麃公の迫力に気圧された将たちが、戦略図のある盤から離れた。

無言の麃公が、戦略図を確かめるように盤の周りをぐるりと歩き回る。

「麃公将軍、まだ歩兵が全軍、揃っておりません。下手《へた》に動かぬ方が」

と副官が進言した。こともなげに麃公が返す。

「丘を取られたのなら、取り返すまで。出陣じゃあ」

ためらわずに麃公が強攻策を命じた。

将軍の命に異論を挟む将など、この場にはいない。

「は！」

と将たちの声が揃い、さっそくとばかりにそれぞれの隊へと向かう。

そんな中、壁は隣の尚鹿に小声で話しかけた。

「……素早い判断だが。まだ軍が揃っていないのに動くのは、あまりにも拙速《せっそく》ではないか？」

「こりゃ、かなりの血が流れそうだな」

そう言って尚鹿が頷いた。やはりか、と壁が不安をわずかに顔に出す。

「大丈夫なのか、我らが総大将は」

壁はちらりと麃公を盗み見た。

猛獣のようなその将軍は、口元に薄い笑みを浮かべていた。

×　×　×

魏軍、秦軍がそれぞれの陣で現状を確認していた頃。

信《しん》と壁の再会から二日間。信の属している歩兵隊は百人将の命令により、夜間の休憩以外、ひたすらに街道を走らされていた。

信、尾平《びへい》、尾到《びとう》、羌瘣《きょうかい》、伍長の澤圭《たくけい》。伍が一団となっている。

息を荒くした尾平が、辟易《へきえき》とした顔で言う。

「どんだけ、走らせられんだよ」

「こっちが後手後手に回っている証拠です」

と伍長の澤圭。こうした状況の経験があるようだ。

「心の準備をしておいてください。こういう時は、大勢死にます」

ともなく澤圭がそう言った。信は、全身に妙な緊張を感じる。

「……なんだか、空気が変わってきたぞ」

目に映るものに変化があったわけでも、気にかかる音が聞こえてきたわけでもない。

だが、肌にビリビリとくる違和感がある。

隣を走る尾到が、信に問う。

「どうした？」

「この先に、なにかいる」

信は伍の仲間を置き去りにして、全力で加速した。先を進んでいた他の歩兵たちを追い抜き、さらに駆ける。

前方に上り坂。そこで道が途絶えている。先が下りになっているようだ。

下り坂の手前で、信は立ち止まった。

眼下に広がる光景に、息を呑む。

広大な平地で相対《あいたい》する、大軍同士の陣形。手前の陣に翻っているのは、秦の旗だ。

その向こう。秦の軍をはるかに上回る数の、兵士の群れ。そこに翻るのは魏の旗である。

平地に展開している魏軍の兵士の数は、三万なのか、五万なのか、はたまた十万に迫るのか。

正確な数など、信にはわからない。

わかることは、ただ一つ。

「これが……本物の、戦場……」

肌で感じているものが、戦場の空気そのものだということだ。

信に、伍の仲間が追いついた。続々と他の歩兵たちも坂の上に到着し、誰もが戦場を見て圧倒される。無駄口を叩くものなど一人もいない。

立ち止まった歩兵たちの前に、騎兵が現れた。壁と似たような装備の男だ。一兵卒《いっぺいそつ》ではないのは明らかである。

信の見知らぬその騎兵が、馬上から大声で命じる。

「第四軍の歩兵ども、集まれ！」

「第四軍？」と信。

「我々の軍です」と澤圭。

騎兵が歩兵たちをぐるりと睥睨《へいげい》し、告げる。

「俺は千人将、縛虎申《ばくこしん》。これよりすぐに突撃をかける。伍は一列に整列せよ！」

千人将。信たちを統《す》べる指揮官ということだ。

行軍前に伍を作るよう命じた百人将が、縛虎申の前に進み出る。

「お待ちください、縛虎申千人将。我らはここ蛇甘平原まで二日、走り続けてまいりました。せめて息が整うまで休息を」

「そんな暇はない！」

一考もせず縛虎申が断じた。百人将が食い下がる。

「しかし。状況もわからないまま、突撃と言われましても」

「上官に口答えするな！」

縛虎申が馬上で剣を抜いた。驚愕《きようがく》する百人将に、縛虎申が躊躇《ちゆうちよ》なく剣を振り下ろす。

「ぐわっ」

胸を浅く斬られた百人将がよろめき、下がる。

さらに切りつけようとした縛虎申を、騎馬と共に現れた別の将が諌《いさ》める。

「待て、無闇に傷つけるな。これから最前線で命を張ってもらう大事な兵だぞ」

抜き身の剣を提《さ》げたまま縛虎申が見やった先。信の知った顔がある。

「あれって、この前の」と尾平。

「壁……」と信。

縛虎申を諌めた将は、壁だった。不満そうに縛虎申が壁に言い返す。

「貴様は壁とか言ったな。新参者が出しゃばるな、急いでいるんだ。邪魔をするなら殺すぞ。お前は自分の持ち場の指揮を執れ！」

壁に言い放つと、縛虎申が歩兵たちへと視線を戻す。

「縛虎申隊、整列！　さっさと並べ、愚図《ぐず》ども！」

それぞれの伍が列を組み、さらに隊列を組んで縛虎申の前に並んだ。

澤圭の伍の傍に、歴戦の兵士、沛浪《はいろう》の伍も並んでいる。

ずらりと並んだ伍を前に、縛虎申の声が飛ぶ。

「聞け！　われら秦軍は今、数的不利にある！」

信たちが先ほど見た戦場の通りだった。各地から召集した兵士の集結が遅れている秦軍は、縛虎申隊が加わっても、兵士の数でかなり魏軍に劣っている。

歩兵たちに、縛虎申がさらに告げる。

「魏軍に二つの丘を取られ、地理的にも劣勢だ！　貴様らの目的は、ただ一つ！　死んでも、あの手前の丘を奪い取れ！」

縛虎申が剣で示した先。平地に展開した魏軍の向こう、魏の旗が翻る丘があった。

宮元が陣を構えた、第一の丘である。

魏の大軍がひしめく平地を突破し、宮元の陣を攻め落とせ、ということだ。

尾平と尾到が、露骨に怖《お》じ気《け》づく。

「なんだよ、その命令」

「むちゃくちゃだ」

一方、別の伍を率いる沛浪は余裕そうな顔で、信たちの伍に、からかうように言う。

「お前ら覚悟しておけよ？　縛虎申は、特攻好きのイカれた野郎だ。お前らみたいな弱そうな伍はイチコロだろうな」

馬鹿にしているのを隠さない沛浪の態度に、しかし信は無言を貫《つらぬ》いた。

本格的な、初めての戦場。

今は軽口に反応する体力さえ、もったいない。力を溜め、戦いに集中するのみだ。

縛虎申の号令で、信たち第四軍が突撃に備えて隊形を整え、平地に向かう。

澤圭の伍は、第四軍歩兵隊の最前列に押し出されていた。

前方、はるかに数の多い魏の歩兵隊の群れ。

尾到が顔を青ざめさせる。

「ほんとに今から、あれと殺し合いをするのか……」

「おぶっ、うええっ」

恐怖のあまりか、尾平が嘔吐《おうと》した。びしゃびしゃとその場に吐瀉物《としゃぶつ》が飛び散る。

「大丈夫か、兄貴」

その背中をさする尾到も、今にも吐きそうな顔だ。

そんな尾兄弟に、沛浪が侮蔑《ぶべつ》の目を向ける。

「馬鹿が、吐いてやがる」

信は気を張ったまま黙っていた。

傍らにいる羌瘣は無言、無反応。目に特別な感情の色もない。

羌瘣は戦場を前に、なにも感じていないようだ。

伍長の澤圭は焦《あせ》りこそしていないが、緊張した面持《おもも》ちである。

戦闘開始のその時が、すぐそこまできていた。

×　×　×

第四軍が平地に展開し始めた頃。

信たちが攻略を命じられた丘の魏軍の陣で、魏軍総大将の呉慶《ごけい》に次ぐ立場にある魏軍副将の宮元《きゅうげん》が、配下の将たちと共に、盤上の戦略図を見ていた。

平地の一角、秦側に新たな歩兵軍の駒を宮元の副官が置く。

「宮元様、先ほど到着した秦の歩兵軍の隊形が、整いつつあります」

その秦の援軍は、魏の大軍に比べればまだ劣る数だ。戦場の流れを変えられるとは思えない。

このまま参戦すれば大軍に揉《も》まれ、消える程度と宮元は判断した。

宮元の顔に呆れの色が広がる。

「着いて早々突撃か。焦り過ぎだ。丘を取られた今、兵が揃うのを待てばよいものを。敵総大将、麃公とは阿呆《あほう》か」

宮元配下の将たちも秦軍の行動を軽率だと思っているらしく、誰も宮元の判断に異論を挟まない。

将たちに、宮元が命令する。

「第二大隊を押し出せ」

たとえ戦況を変えるほどではないにせよ、援軍は多少でも目障《めざわ》りには違いない。

信のいる第四軍を即座に潰すため、宮元は大隊を差し向ける指示をした。

×　　×　　×

信たち第四軍に向け、魏軍の一角が進軍を始めた。宮元の指示を受けた第二大隊である。

遠目でもわかる。信たちのような寄せ集めの隊ではなく、装備を固めた正規兵の部隊だ。

盾を持つ兵士を最前線に並べた魏軍が、迫ってくる。

「て、敵が来る！」

尾平の声をドドドッと鳴りだした太鼓の音がかき消し、いくつもの秦の旗が一斉に翻った。

「な、なんだ」

尾到が驚き、きょろきょろとした。

澤圭が、伍の仲間全員に声をかける。

「突撃の命令が下ります。いいですか、絶対に一人にならないように！　いいですね！」

「わ、わかった」

緊張した顔で頷く尾平。尾到もいっそう表情を固くする。

一方で信の顔には、期待の色さえ浮かんでいる。

「いよいよ始まるぞ……ちゃんと見てっか、漂《ひょう》」

そんな信を、無言で羌瘣がちらりと見る。

同時に、千人将縛虎申の号令が響く。

「全軍、構えェい！」

第四軍歩兵隊の兵士たちがそれぞれの武器を構え、そわそわとする。

興奮しているのか、意味のわからない声を発している者もいる。

そうした連中を余所《よそ》に、信は落ち着いて剣を抜いた。

「行くぞ、漂……」

一瞬、目を閉じる。

まぶたに漂の笑みが浮かんで見えた。

羌瘣はその仕草が気になったのか、黙ったまま信を見ていた。

「全軍！　突撃いッ!!」

その縛虎申の号令で信は目を見開き、誰よりも速く駆け出した。

「「「「うおおおおおおおッ!!」」」」

地鳴りのように轟《とどろ》く第四軍歩兵たちの突撃の声に背中を押され、さらに加速する。

信は今、夢へとつながる戦場に身を投じた。

——ここからだ、漂。

——必ず、誰よりも手柄を上げてやる。

第二章

死地

秦軍《しん》第四軍の歩兵たちが雄叫《おたけ》びを上げ、荒野を駆ける。

誰もが必死の形相《ぎょうそう》で、全力疾走だ。もし少しでも走る速度を落としたら、後ろから来る歩兵たちにぶつかられ、下手《へた》をしたら転倒する。

転んだら最後、立ち上がる間もなく後続の歩兵に容赦なく踏み潰《つぶ》され、おそらくは死ぬ。

敵と剣を交えることすらできず、まさに無駄死にだ。

そんな死に方だけはしたくないと、誰もが必死で走る。たとえ向かう先が死地だとわかっていても、だ。

第四軍の先頭を走っているのは、信《しん》だ。信から遅れて澤圭《たくけい》の伍《ご》の面々が続く。

目指す魏《ぎ》軍の動きに変化が生じた。行軍をやめ、大型の盾《たて》を構えた魏軍兵士が最前列で密集隊形を作る。

ずらりと並んだ盾の隙間《すきま》から、ぬっと長い槍《やり》が突き出された。一本二本という数ではなく、それこそ無数。まさしく槍の生えた盾の壁。

岩陣《がんじん》という突進してくる敵を迎撃するための陣形である。この陣形に無策で突っ込んでくるものは誰も彼もが槍に串刺しにされ、盾に激突して絶命する。

「なんだ、あれは！」

岩陣に慌《あわ》てる尾平《びへい》。尾到《びとう》も顔色が変わった。

羌瘣《きょうかい》は無言のまま。目元しか見えないが、動揺している雰囲気はない。

澤圭がかなり先を行く信の背に、大声で呼びかける。

「信君、戻って！　一人で行っては駄目です！」

制止を振り切るように、信が身を低くしてさらに加速した。

もはや誰も追いつけない速度で、信は一人、突撃をかける。

岩陣の向こう、周囲を見渡すための指揮台車がある。指揮台車は木製で人の背の三倍ほどの高さがあり、指揮台車の壁には薄い金属板が鋲《びょう》で取り付けられていた。

その指揮台車の上に、魏軍の将。おそらくは部隊長だ。

部隊長が信を指さし、命じる。

「あの馬鹿を、最初の串刺しにしてやれ！」

岩陣の隙間で槍が動いた。明らかに信を狙う向きと高さに、槍の穂先が並ぶ。

構わず信は獣のように走る。止まろうにももう止まれない速さだ。

「止まれ信！」と必死で叫ぶ尾平。

「死ねえ！」と勝ち誇る魏軍部隊長。

無数の槍が信に突き刺さる――

そう見えた瞬間、信の姿が消えた。

「!?」

驚愕《きょうがく》した魏軍部隊長が、バッと顔を上げる。

視線の先には、岩陣直前で高く跳んだ信の姿。

「──ッ!!」

信が岩陣の内側に飛び込んだ。着地と同時に剣を一閃《いっせん》、複数の魏軍兵士が倒れ伏す。

突然の敵の侵入に驚き固まる魏軍兵士たちを、次々と信が斬り捨てる。その剣閃《けんせん》は、まごうことなき強者の動きだ。

並の腕ではないと魏軍部隊長も察したらしい。

「ソイツは手練《てだ》れだ、囲め!!」

魏軍部隊長が、動揺しかけた兵士たちに適切な指示を飛ばす。

岩陣に加わっていない兵士たちが、一斉に信に向かった。

一対無数。信の周囲は、全員が敵。襲い来る剣と槍、全ての刃《やいば》をすり抜け、弾《はじ》き、縦横無《じゅうおうむ》尽《じん》に信が剣を振るう。

「うりゃあッ!!」

手近な敵をまとめて斬り捨て、邪魔な敵兵を蹴り飛ばして動ける空間を作り、暴れ回る。

敵が致命傷かどうかなど確かめず、ひたすらに剣を振り回す信に、状況が混乱する。

岩陣を組んでいる魏軍兵士たちにも乱れが生じた。

魏軍兵士の混乱にめざとく気づいたのは、沛浪《はいろう》だ。

「あそこだ！　突っ込むぞッ！」

沛浪の指示で第四軍の一角が一斉に、信が生じさせた岩陣の乱れを目指す。

澤圭の伍も後ろから追い立てられるように、岩陣に突っ込む。

わずかだった岩陣の乱れが、なだれ込む第四軍歩兵隊の勢いに押され、広がった。

敵味方入り交じっての大乱戦に突入する。

きっかけを作った信が、統率を失った魏軍兵士を次々と斬る。

「らッ！」

魏軍兵士も黙ってやられはしない。第四軍歩兵の襲来に抵抗する。

だが一人の魏軍兵士が第四軍の一人の歩兵を倒す間に、信は、三人、五人と次々と魏軍兵士を屠《ほふ》る。

でたらめにさえ見える信の働きに魏軍兵士の動きが鈍《にぶ》る。一方、第四軍兵士が勢いを増す。

この場だけは確実に、秦軍が優勢だ。手柄《てがら》を上げられるだけ上げるべき時合いである。

だが尾平は手にした槍にすがって震え、立ち尽くしていた。

周囲の勢いに乗って岩陣に突入したものの、どう戦えばいいのかすら、わからない。

「無理だ、俺には無理だって……」

殺し合いの中、尾平は取り残されている。すぐ近くでどさりと音がした。

尾平が目を向ければ、どこかで見た顔の秦軍歩兵が倒れていた。斬られたばかりで傷口からは血が溢《あふ》れ、まさに死ぬところだ。

目の前で人間が当たり前のように死ぬ。それが戦の現実だと尾平にのし掛かる。

「うえっ」

思わず吐きかけた尾平の耳に、

「あ、兄貴！　兄貴ぃいいッ!!」

弟、尾到の切羽詰《せっぱつ》まった声が飛び込んだ。

どこだ、と慌てて尾平が周囲を探す。少し離れた場所で、尾到が危機に瀕《ひん》していた。

地面に背中から倒れた尾到に、剣を持った魏軍兵士が馬乗りになっている。

尾到が剣を捨てて相手の腕を押さえ、必死に抵抗していた。

このままでは、尾到が殺される。

瞬間、尾平は頭に血が上って恐怖を忘れた。

「てめえッ!!」

尾平は、尾到にまたがった魏軍兵士に、槍を構えて突っ込んだ。

槍の穂先が魏軍兵士の肩辺りをかすめる。

上手《うま》く刺せなかったが、尾平は突っ込んだ勢いで体当たりをし、魏軍兵士を吹っ飛ばす。

「ぐあっ!?」

魏軍兵士が地面に転がった。その隙に、尾平が尾到を助け起こす。

「大丈夫か？」

身を起こした尾到が、倒した魏軍兵士のほうを見て、ぎょっとする。

尾平に突き飛ばされた魏軍兵士が、よろめきながらも起き上がっていた。

「痛《いて》ぇじゃねぇか、こら」

凄《すご》む魏軍兵士。肩に受けた傷への怒りを、そのまま尾平に向けている。

弟の危機に必死になった尾平だったが、再び魏軍兵士に恐怖した。

「逃げろ、兄貴。俺たちの敵《かな》う相手じゃねぇ」

尾到が慌てて剣を拾い直して構えた。尾平は足が竦《すく》んで動けない。

手負いの魏軍兵士が剣を提《さ》げ、尾兄弟に迫る。

「今度こそまとめて死ねッ!!」

魏軍兵士が剣を高く振り上げた。その背後に、スッと人影が近づく。

「澤伍長！」

尾兄弟の声が揃《そろ》った。彼らの伍長、澤圭だった。

澤圭が魏軍兵士の背を剣で斬りつける。

「ぐわっ!?」

不意を突かれた魏軍兵士が前のめりに倒れた。そこに澤圭の声が飛ぶ。

「二人とも今です！」

その声に、尾兄弟が我に返った。澤圭と尾兄弟の三人で倒れた魏軍兵士を囲み、攻める。

三方向から突かれ、斬られ、魏軍兵士が地面を転がりながらも毒づく。

「ふざけるな！　一人じゃなにもできない、雑魚《ざこ》が！」

「うるせえッ！」

怒鳴り声と共に、尾平が魏軍兵士の胸を槍で突く。

深々と穂先が突き刺さり、魏軍兵士は動かなくなった。確実に死んでいる。

尾平と尾到が顔に安堵《あんど》の色をわずかに浮かべ、荒く呼吸する。

「なんと言われようが、いいんです。これが伍の戦いです」

と澤圭。周囲では秦軍第四軍の歩兵たちが、五人一組で魏軍兵士一人を囲み、戦っている。

「歩兵が五人一組となって戦う。これは立派な戦法です」

わかりましたか、と諭《さと》すように澤圭が言った。

尾平が苦々しげに不満を漏《も》らす。

「くそっ。でもうちは、一人突っ込んでいく信と、なにもできねぇガキがいるから、三人だ」

尾平たちが苦戦している間も、それほど離れていない場所に、羌瘣はいた。

羌瘣は敵の攻撃を避けるだけで、剣を抜きさえしなかったのだ。

今も無言で羌瘣は突っ立っているのみで、戦力としてあてにはできない。

ならば信は、と尾到が辺りを見回す。

「信は？　信はどこ行ったんだ!?」

尾到が探す信は、魏軍指揮台車に突撃しようと、奮戦していた。

周囲に秦軍兵士の姿はまったくない。完全に孤立した状態でなお、信は指揮台車を目指す。

次々と振るわれる剣と槍をかいくぐり、信は落ちていた敵の槍を拾うと即座に投げる。

狙うは、指揮台車の上の部隊長。

指揮台車まではまだ距離がある上に、指揮台車の高さは人の背の三倍だ。槍を投げても部隊長には簡単には届かない。

「っ⁉」

たじろぐ部隊長のすぐ下、指揮台車の側面装甲に槍が突き立った。

「と、届かぬわッ！」

部隊長が強がるように怒鳴り、

「なにをしている！　押し戻せ！」

指揮台車下の魏軍兵士に命じる。魏軍兵士が一斉に信へと殺到した。

押し寄せる中に、盾を構えた兵士たちの姿を見て信が動く。

盾をめがけてダンッと信は跳躍した。その動きに釣られて盾が斜め上方向を向く。

さらに盾を踏んで、信は跳ぶ。

誰にも捕まらない速さで信は盾から盾へと繰り返し跳び、指揮台車に迫る。指揮台車の物見台をめがけて跳んだが、物見台の壁にはわずかに届かない。

落ちるしかない信の目の前。先ほど投げた槍が物見台側面装甲に刺さったままだ。信はその槍の柄《え》にしがみつき、一気に物見台によじ登った。

「らッ!!」

一撃だ。悲鳴さえ上げさせずに信が部隊長を斬り、斬られた部隊長が指揮台車から落ちる。

「部隊長ッ!!」「やられたのか!?」「そのガキだ!!」

指揮台車の周囲で魏軍兵士が動揺して騒ぎだし、指揮台車を中心に陣形が大幅に乱れ始めた。

×　×　×

魏軍第二大隊で部隊長の一人が討たれたことは、平地近くの丘にある宮元《きゅうげん》の陣に、すぐに伝わった。

丘からは戦場の平地が一望できる。部隊長が討たれた影響か、秦軍第四軍を潰すべく差し向けた第二大隊の陣形が、一部でかなり乱れていた。

数で圧倒的に有利な第二大隊が全滅することは、ないだろう。

だがこのままでは、秦軍第四軍歩兵隊の一部が第二大隊の乱れに乗じて平地を突破し、この陣がある丘へと近づく可能性はある。

宮元の副官が進言する。

「宮元様、予想外に前線が押されております。主力の第三大隊を投入しますか」

第二大隊より兵士の数、質に優る第三大隊を動かして戦況を安定させることは簡単だ。

だがその場合、秦軍第四軍を殲滅《せんめつ》した後の戦況に、多少なりとも影響が出る。

第三大隊を動かすのは、今ではない。宮元はそう判断した。

戦場を支配するために動かすべきは、別の駒。

「……いや。あれを出せ」

「はッ！」

宮元の副官が即座に動き、伝令に指示を出す。

伝令が陣を飛び出したしばし後《のち》、カンカンカンと甲高《かんだか》く鐘の音が響き始めた。

×　　×　　×

魏軍指揮台車を制圧した信に、部隊長の仇《かたき》を討とうと魏軍兵士が群がる。

指揮台車の四方からよじ登ろうとする魏軍兵士に、指揮台車の上で信が剣を振るう。

「上ってきてみろ、コラあッ！」

その時だ。カンカンカンと鐘の音が聞こえ始めた。

信を狙っていた魏軍兵士たちが一瞬顔を見合わせると、すばやく指揮台車から離れていく。

「?」と信は、指揮台車の上から周辺を見回した。

魏軍兵士が慌てたように戦場から退散している。

ゴゴゴゴゴ、と遠くから地響きのような音。

「……なんだ?」

信は音が聞こえてくるほうへと目をこらした。地平線にもやのようなもの――

砂塵《さじん》だ。それが、近づいてくるのが見えた。

「やべえッ!!」

砂塵を起こしているのがなにかまでは、わからない。

だが凄《すさ》まじい危険が迫っているのだけは、肌で感じる。

逃げなければ、全滅。

そう直感した信は即座に指揮台車を飛び降り、指揮台車から見えた澤圭の伍へと走った。

澤圭の伍の周囲にも、すでに敵兵士の姿はない。

尾到が不思議そうな顔できょろきょろとしている。

「敵が引いてく……俺たち、勝ったのか?」

尾平が走ってくる信に気がついた。

「おーい! 信! お前、凄《すげ》えな!」

信が指揮台車を攻め落とすところを尾平は見ていたようだが、今は、それどころではない。

「馬鹿ッ！　逃げろッ!!」

澤圭、尾平、尾到は意味がわからないというように、きょとんとしている。羌瘣は近くにいない。

地鳴りに似た音が近くなり、澤圭たちが振り向いた。土煙を巻き上げ、猛烈な速度で接近してくるものがいくつもある。

二頭立ての馬車のようなそれが、土煙と共に迫ってくる。乗っているのは、槍や矛《ほこ》で武装した三人一組の魏軍兵士だ。

馬車に似ているが、荷物の運搬に用いるものではないことだけは明らかだ。荷馬車の車輪には、中心軸《じく》から外に伸びる長い刃などはついていない。

歩兵を惨殺するための兵器。誰の目にもそう映る魏軍の兵器が、秦軍の歩兵たちを蹴散らし、信たちのほうへと突っ込んでくる。

「「「〜〜〜〜ッ!!」」」

澤圭、尾平、尾到は恐怖のあまりか、声にならない悲鳴を上げて硬直した。

そこに、兵器上の魏軍兵士が矛を振るう。

「ボケッとしてんじゃねえッ!!」

すんでのところで飛び込んできた信が矛を剣で弾く。

信は勢い余って澤圭たちとぶつかり、全員で地面に転がった。

倒れたおかげで後続の魏軍兵器の追撃を避けられたが、それはただの幸運だ。

跳ね起きる信。よろよろと澤圭たちも身を起こす。澤圭が青い顔を信に向けた。

「助かりました……」

「澤さん！　なんだ、ありゃあ!?」

もうもうと土煙が立ち込める中、信が走り去る物騒な馬車を剣で指し示した。

澤圭が怯《おび》えた表情で答える。

「あれは戦車、戦車隊。魏が中華最強と自負する、装甲戦車隊です」

尾平が立てた槍に両手ですがり、震え上がる。

「せ、戦車って……あんなの、勝てっこねえだろッ！」

尾平の恐怖は当然だ。生身の歩兵が体一つで、全速力で走る馬二頭に引かれた戦車に対抗できるわけがない。車軸から横に突き出した刃がかするだけでも重傷を負うのは確実だ。

戦車はまさに、歩兵を殲滅するための兵器である。

敵が騎馬であっても戦車は有利だ。歩兵を殺傷するための車軸の刃は、そのまま、馬の脚を削る武器にもなる。騎馬隊にとっても戦車隊は脅威《きょうい》なのだ。

戦車隊が出てきてしまった以上、歩兵にできることなどろくにない。

澤圭の顔色がさらに悪くなった。

「恐ろしいのは、これからです」

ためらうように言葉を句切り、澤圭が改めて口を開く。

「今のは、地ならしの第一波にすぎません。魏の戦車隊の本体は、第二波。今度は、逃げ場がないほどの大群で来ます」

澤圭の言葉を証明するかのように、先ほどよりもはるかに大きな地鳴りが聞こえてきた。

全員が一斉に振り返る。

迫り来る砂嵐のように、地平が土煙で覆い隠されていた。

×　×　×

魏軍の戦車隊出現の報は、麃公《ひょうこう》のいる秦軍本陣にもすぐに伝えられた。

慌てふためいた様子の伝令が、本陣に飛び込むと床に膝《ひざ》をつき、礼をして告げる。

「敵戦車隊が、第四軍の歩兵を蹂躙《じゅうりん》しております！　騎馬隊の応援が必要かと！」

本陣に詰めている将たちにざわめきが広がった。

戦略図の奥。簡易な椅子、床几《しょうぎ》に腰を下ろしている麃公に、将たちが無言で指示を求める。

すぐにでも騎馬隊の出動か。普通ならば、それが当然の流れだ。

だが麃公は動かない。

「……全騎馬隊に、伝令」

「は！」と伝令の兵士がわずかに腰を上げかける。

しかし麃公は腕組みをしたまま、動かない。

「待機じゃあ」

将たちがざわめいたが、それでも麃公はまったく動じなかった。

麃公はただ少し面白そうに、口元に笑みを浮かべた。

×　　×　　×

魏軍戦車隊の第一波に蹂躙された平地で、信たちは立ち尽くしていた。

大きくなる地響き。地平でさらに濃くなる土煙。先とは比べられないほどの数の戦車が地平を埋め尽くし、迫ってくる。

「ちきしょう！　援軍とかねえのかよ！」と尾平。

「死んじまう、死んじまうぞ！」と尾到。

澤圭は真っ青になって立ち尽くしているのみだ。

信は剣を構え、戦車隊が迫る方向に向き直った。

「みんな、俺の後ろに固まってろ！　イチかバチか、正面から当たってみる！」

「む、無茶です、信君っ！」

澤圭が焦《あせ》り顔で信を止めようとした。剣を構えたまま、肩越しに信が振り向く。

「じゃあ、どうすりゃいいんだよッ！」

澤圭も尾兄弟も、答えられない。意外な声が、横手から聞こえる。

「策がある」

信たちは一斉に振り返った。

そこには今まで姿の見えなかった、鉢巻《はちま》きに襟巻《えりま》きの小柄な影――羌瘣がいた。

「お前――」

言いかけた信の言葉を遮《さえぎ》り、澤圭が声を弾ませる。

「羌瘣さん！　生きてたんですね、よかった」

魏軍との乱戦、戦車隊第一波の蹂躙の中、羌瘣が生き残ったのは確かに喜ばしいことだ。

だが無事を喜ぶ暇など今あるはずがない。

信は羌瘣に詰め寄った。

「おい！　策ってなんだ！」

怒声のような信の問いに、羌瘣が淡々とした口調で返す。

「防壁を作る」

「防壁だ？」

訊《き》き返す信。尾平も疑問を口に出す。

「そんなもん、どうやって」

羌瘣が、スッと横を指さした。

「死体を積む。いくらでも転がってる」

信が苛立《いらだ》ちを顔に出した。

「はあ？　お前、こんなときになにふざけたこと――」

信の言葉を澤圭が遮り、大声を出した。

「やりましょう!!　皆さん、死体を集めて積み上げてください!!」

仲間の返事を待たずに、澤圭がすぐさま近くの屍体《したい》に走った。ずるずると引きずり、近くに寄せる。

「澤伍長……？」

訝《いぶか》しげな尾到に、澤圭がこれまでとは違う厳しい口調で命じる。

「急いで！」

「くそっ」

信も意味がよくわからないまま、屍体集めを始めた。尾平、尾到も同じだ。

まだ屍体は生暖かいが、気持ち悪いなどと言ってはいられない。

信たちは屍体を持ってきては前に積み重ね、山を作る。

その様子を近くで見ていたか、白髪頭の伍長、沛浪がやってきた。

「悪かねぇ思いつきだ！」

沛浪が周辺の残存兵に手伝えと声をかけ、兵士たちがさらに屍体を集め、土嚢《どのう》のように積み上げ始める。

積んだ屍体の山に拾い集めた盾を可能な限り乗せて防護を固めるが、どこまで魏軍戦車に通用するか、わからない。

それでも生き延びるために、信たち歩兵は諦《あきら》めることなどできなかった。

×　×　×

屍体で急ごしらえの防壁を歩兵たちが築いている時。

第四軍歩兵隊からかなり離れた後方に、第四軍主力の騎馬隊は待機していた。

騎馬隊を率いているのは、縛虎申《ばくこしん》、壁《へき》、尚鹿《しょうかく》だ。

壁は伝令から魏軍戦車隊出現の報を受け、苛立《いらだ》っていた。

「騎馬突撃の命令は、まだか!?」

本陣の方角を見ている尚鹿が、唖然とする。

「……再び待機の旗が上がった」

馬鹿な、と壁。

「麃公将軍はなにをしている。早く手を打たねば歩兵が全滅するぞ」

壁が焦りを隠さずに、縛虎申を見やる。

「……」

縛虎申は無言。動くつもりはなさそうだ。

壁たち千人将は、麃公将軍の命令なしに部隊を動かすことはできない。

今の壁にできることは、歩兵たちの善戦と、信《しん》の無事を願うことだけだった。

×　　×　　×

魏軍戦車隊の第二波が迫る平地は、戦車隊第一波の巻き上げた土煙が立ち込め、視界がかなり悪くなっている。

信は秦の旗を拾うと、わざと目立つように掲《かか》げた。土煙の中で、一台でも多くの戦車を屍体防壁がある自分たちのほうに誘うためだ。

信の思惑《おもわく》通り、数台の戦車がこちらへと向きを変えた。

沛浪《はいろう》が、屍体を積んでいた仲間たちに大声で命じる。

「もういい、隠れろッ!!」

屍体の山の陰に歩兵たちが次々と飛び込み、身を低くした。

尾平《びへい》がその中から顔だけ出して叫ぶ。

「信、走れッ！」

掲げた秦の旗を投げ出し、信が身を翻す。

迫る戦車の上で、魏軍兵士が興奮したように大声を上げる。

「子犬が一匹逃げてるぞ、ひき殺せ!!」

信が屍体の山を飛び越え、隠れた。

「!?」

戦車の魏軍兵士の顔に驚愕が浮かぶ。土煙でよく見えなかったのだろう、ここで積まれた屍体の山に気づいたようだが、もう遅い。

戦車を引く二頭の馬が、屍体防壁の手前で強引に向きを変える。だが戦車の向きはいきなりは変わらない。それどころか、馬が向きを変えたせいで戦車の姿勢が大きく崩れた。

戦車の片側の車輪が屍体の山に乗り上げ、物の見事に横転する。

戦車の上から魏軍兵士たちが投げ出され、荒れ地に叩きつけられる。

魏軍兵士たちはそのまま動かなくなった。打ち所が悪く、死んだようだ。

その様子を屍体の陰から見ていた尾平が、喜びの声を上げる。

「やった、やったぞ！　でかした、羌瘣《きょうかい》！」

尾平が羌瘣に抱きつこうとした。

羌瘣が、尾平の手首をさっと摑み、関節を逆に捻《ひね》る。

「痛《い》だだだだっ」

関節を極《き》められた尾平の顔が苦悶《くもん》に歪《ゆが》み、パッと羌瘣が尾平の手首を放した。

戦車隊が巻き起こした砂塵の中、信が声を張り上げる。

「いいか！　俺たちはまだ、負けちゃいねえ！」

信の声に、周辺の生き残った秦軍歩兵たちが注目する。

一歩兵に過ぎない信が、強烈な檄《げき》を飛ばす。

「勝負は、ここからだッ！」

剣を真上に突き上げ、信が吠えた。

その勇姿に、敗走兵同然だった秦軍歩兵に再び闘志が蘇《よみがえ》る。

「「「おおおおッ!!」」」

×　　×　　×

魏軍戦車隊が平地で秦軍歩兵隊を蹂躙している頃。

蛇甘《だかん》平原第一の丘にある宮元《きゅうげん》の本陣に、平地の戦場から伝令が来た。

戦略図を前にした宮元の近くに、伝令が膝をついて報告する。

「わが軍の戦車隊は、敵第四、第二、第一歩兵隊を蹂躙し、敵をほぼ殲滅。第四歩兵隊のわずかな残党だけが抵抗しています」

宮元の副官が、戦略図上の駒を次々と倒す。倒されたのは、秦軍第一、第二、第四軍の歩兵隊の駒だ。

戦略図に残った駒は、魏軍が圧倒的に多い。

秦の各軍騎馬隊の駒は、戦略図の端の遠方に置いたまま、動かしていない。

この期《ご》に及んで、未《いま》だ、秦軍主力の騎馬隊は待機したままだということだ。

宮元の副官が、は、と短く息を吐いた。

「敵将麃公《ひょうこう》は、完全に歩兵を見捨てたようですな。各軍歩兵隊は互いに連携が取れず、味方と完全に分断され孤立している。我が軍が圧倒的に有利!!」

副官が声を張った。

「「おおおッ！」」

周囲の将と兵が歓声を上げた。歓声が止《や》んだ後、宮元が口を開く。

「敵総大将麃公は、戦を知らぬ」

そして宮元が、戦局を進めるべく副官に命じる。

「本陣を守る守備隊だけ残し、全軍、丘から降りて進軍させよ。下に残った歩兵を踏み潰し、そのまま麃公の首を獲《と》るぞ」

宮元配下の将たちに気合いが漲《みなぎ》る。

「「ハハッ!!」」

承知の声が揃い、宮元配下の将たちがそれぞれに動く。

宮元配下の主力、第三大隊が本陣の守備隊だけを残し、平地に向けて展開を開始した。

× × ×

麃公の本陣に駆け込んだ伝令が、即座に軍議台の横に膝をつき、礼をして報告する。

「敵副将、宮元の主力が丘を降り始めました！」

宮元本陣の動きは、迅速《じんそく》に麃公と配下の将たちに伝えられた。

宮元の主力本隊が本陣を離れる目的は、ただ一つ。

乱戦の平地を突破し、麃公のいる秦軍本陣を攻め落とすことだ。

大軍が来ると察した将たちの緊張感が増す。将の一人が、伝令に問う。

「我が軍の歩兵は？」

「第一軍、苦戦中！」

と伝令。そこに別の伝令が二人、次々と飛び込んできて、すぐさま膝をつき告げる。

「第二軍、ほぼ壊滅！」

「第三軍、苦戦！」

四人目の伝令が到着し、先の三人の伝令に並んで報告する。

「第四軍、ほぼ壊滅！」

四人目の伝令が、さらに報告を続ける。

「わずかな歩兵が戦車隊を退《しりぞ》けたとの報告がありましたが、全滅ももはや時間の問題！」

全軍の歩兵が全滅寸前。秦軍の状況は、最悪に近い。

伝令の報告から、どの将もそう考えて当然のところだ。

報告を受けた将が、総大将麃公に厳しい表情で進言する。

「ここはひとまず、退避を」

「ほう」と麃公。ぎらりと目に光が宿る。

「……第四軍の、わずかな歩兵が？」

歩兵が戦車を退けたという報告が、麃公のなにかを刺激したようだ。

退避を進言した将とは別の将が、焦《あせ》りを顔に出す。

「麃公将軍っ、一旦ここは退避を！」

しかし麃公は動かない。

「いや、このまま待機じゃ」

麃公を囲む将たちが、互いに顔を見合わせた。誰の顔にも驚きと焦燥《しょうそう》がある。

「ひょ、麃公将軍!?」

配下の焦りの声にも麃公はまったく動じない。

「……待機じゃ」

麃公は、にいっと口元に深い笑みを浮かべた。

× × ×

蛇甘平原が夕陽で赤く染め上げられ、数万以上の兵士が入り乱れていた荒野の戦場が、静かになっていく。

魏軍戦車隊はすでに去った。激戦を経《へ》て、信たち澤圭の伍は仲間が一人も欠けることなく、どうにか全員で生き残った。

澤圭が疲れたように一つ息をつく。

「……間もなく日が暮れます。今日の戦いは終わりです」

「終わりって!」と尾平。槍を持たないほうの手を広げて訴える。

「ここ、敵の陣地の中だろ？　帰れないよ！」

尾到は疲労が酷《ひど》いのか、もはや声すらない。羌瘣はただ、突っ立っているのみだ。

近くにいた沛浪が、重い口調で告げる。

「ああ、気を抜くな。すぐに残党狩りが始まるぞ」

信たちから見える範囲にいる秦軍歩兵の生き残りは、数十人程度。

戦場の中心部にいる信たちには知る由《よし》もないが、秦軍の歩兵隊は、第一軍から第四軍までほぼ全滅に近い。

一方で、もともと兵士の数で優っていた上に戦車隊を投入した魏軍は、戦場を支配し続ける余裕がある。

日が暮れて視界が悪くなると不意の事故が起きやすいため、本格的な部隊同士の激突はないあるのは。優位な側による、不利な側への一方的な狩りだ。

信たちは今、狩られる側に立っていた。

そして、もうすぐ蛇甘平原の地平に日が沈む。

×　　×　　×

蛇甘平原から遠く離れた咸陽宮《かんようきゅう》にも、日暮れ近くに戦況が伝わった。

文官たちが集められた大王の間で、昌文君《しょうぶんくん》が嬴政《えいせい》に報告する。

「大王様、戦況報告が届きました」

文官たちの目が一斉に昌文君へと向けられ、玉座《ぎょくざ》の嬴政が冷静に問う。

「蛇甘平原は？」

わずかに昌文君が言いよどむ。短い沈黙の後、

「……知らせでは。味方歩兵隊が魏軍戦車隊の蹂躙を受け、ほぼ壊滅したと」

それ以上、昌文君の言葉はない。

戦場は遠く、戦況の詳細を短時間で伝える術《すべ》などなく、わかることは少ないのだ。

「……そうか」

嬴政は顔色一つ変えなかったが、文官たちの列の隅にいた河了貂《かりょうてん》は真っ青になる。

震えて黙り込む河了貂に、嬴政が視線を向けた。

「歩兵が……壊滅……──」

「大丈夫だ。あいつは、そう簡単に死にはしない」

あいつ。信のことである。

戦場で手柄を上げ続けて大将軍を目指す男が、初めての戦場で死ぬはずがない。

それは、送り出した河了貂も信じていることだ。

信じて待つ。それしか今の河了貂にできることはなかった。

不安なまま、夜が訪れる。

×　　×　　×

白い月が照らす蛇甘平原に、無数の赤い光が闇の中で蠢《うごめ》いている。

赤い光は全て、魏軍の松明《たいまつ》。残存兵狩りだ。

魏軍兵士たちが集団で、秦軍歩兵の生き残りを探している。

乱戦の行われた平地には、隠れられる場所が少ない。

信たちは地形の複雑な崖近くに移動し、月明かりが届かぬ岩陰に、息を殺して潜《ひそ》んでいた。

身を隠しているのは澤圭の伍の仲間、沛浪とその伍の生き残り、他に合流した秦軍敗残兵。

人数は決して多くないが、まとまって移動すると目立ってしまう。

今は隠れるしかない状況だ。その隠れている岩の近くにも、松明を持った魏軍兵士がうろついている。

「……くそ。行き場がねえ」

と信。隣で尾平が絶望したように言う。

「ちきしょう、一人残らず殺すつもりだ……」

このままでは見つかってしまう。危険を冒《おか》してでも次に身を隠す場所を探すしかない。無言で信たちは視線を交わし、岩陰から移動を試みる。

静かに身を起こして動き出した、その直後。

「貴様ら、秦軍だな!!」

魏軍兵士に発見された。尾平と羌瘣の真後ろ、数人の魏軍兵士が現れる。間違いなく、残存兵狩りだ。

「尾平！　羌瘣！」

信は剣を抜きつつ振り返った。

だが魏軍兵士たちの手には、すでに剣が握られている。

迎撃が間に合わない。尾平と羌瘣が魏軍兵士に斬り捨てられる――

次の瞬間。フッとかろやかに羌瘣が身を翻した。

「!?」

信が目を丸くする。

魏軍兵士たちが声もなく次々と倒れ伏し、動かなくなった。

落ちた松明の明かりに、地面に染み込む血が浮かぶ。

「……」

無言の羌瘣の片手には、いつの間にか抜き身の剣があった。

羌瘣が今の一瞬で、数人の魏軍兵士をまとめて斬ったということだ。

尾平が、へたりと腰を落として尻餅《しりもち》をつく。

「す、凄《すげ》え……」

日中の戦の間、羌瘣の戦いっぷりを誰も意識してはいなかった。

羌瘣は、敵味方が入り乱れるあの激戦を生き残ったのだ。戦っていないはずはない。

それでも、誰も羌瘣の実力に気づかなかった。伍長の澤圭も、だ。

「羌瘣さん、あなたは……」

啞然とした顔で、澤圭。一方で信が怒鳴る。

「お前！　そんなにやれるんだったら、手を貸せよ！」

「自分の身は守るが、お前たちを守る義理はない」

悪びれることなく羌瘣が言った。尾平と尾到が絶句する。

「私たちは同じ伍じゃないですか」

と澤圭が諭《さと》すように言った。だが羌瘣は応じない。

「お前。なにしに戦場に来たんだよ？」

信が不満げに問うたが、羌瘣はただ黙るだけだ。

一瞬、辺りが静まり返る。静寂を破ったのは、

「いたぞ！」

新手《あらて》の魏軍兵士の声だ。揺れるいくつもの松明の炎と、複数の足音が近づいてくる。

明らかに、先ほどよりも魏軍兵士の数は多い。

「も、もう駄目だ」

尾到が震えだす。完全に戦意を失っているようだ。

信は近づいてくる敵のほうへと剣を構えて向き直る。

「俺がここで食い止める、お前ら行け！」

「無茶だ……」呆然と呟《つぶや》く尾平を、

「あ、兄貴」と尾到が引っ張った。尾平が我を取り戻す。

「わ、わかった、あとで絶対合流するからな信！」

尾兄弟と澤圭、他の敗残兵が闇のほうへと駆け出した。

ちらりと横目で仲間たちを見送った信に、いきなり剣が振り下ろされる。

今のやりとりの間に接近を許してしまったようだ。

「！」

信の反応が遅れた。剣で受けようにも防御が間に合わない。

──やられるッ!?　こんなところで!?

しかし、信に剣が振り下ろされることはなかった。

ばたりと魏軍兵士が倒れる。いつの間にか回り込んだ羌瘣が、敵を斬っていた。

助けられた信だが、口を突いて出た言葉は礼ではない。

「羌瘣！　馬鹿野郎、なんで残った！　お前も逃げろッ！」

ふ、と羌瘣が短く息をつく。目深《まぶか》に巻いた鉢巻《はちま》きと鼻まで覆《おお》う襟巻《えりま》きで表情は見えない。

「走り回って逃げるより。ここで、敵を待つ方が楽だ」

これまで人の言うことなど聞かなかった羌瘣だ。説得など無駄だろう。

「……勝手にしろ。死んでも知らねぇからな」

「死にはしない。こんなところで死ぬわけにはいかない」

「俺も同じだ、馬鹿野郎！」

覚悟を決めた信たちの前に、軽く三十人を超える魏軍兵士の一隊が現れた。

信たちを見て、隊長と思《おぼ》しき魏軍兵士が呆れたような顔をする。

「なんだ、餓鬼か。さっさとやってしまえ」

「「ハッ！」」

魏軍兵士たちが、信と羌瘣を迅速な動きで取り囲んだ。完全に逃げ場はない。

「……くそ……」

信の顔に焦りの色が浮かぶ。

そんな信の傍《かたわ》らで、羌瘣が軽くその場で跳ね始めた。

「トーン、タンタン、トーン、タンタン……」

独特の拍子《ひょうし》を羌瘣が口ずさむ。剣を胸の前で垂直に構え、もう片方の手で己《おのれ》の身体を抱き、
トーントーンと跳ねる。その動きは、まるで重さを感じさせない。

「……歌？」と信。

魏軍兵士たちに嘲笑《ちょうしょう》が広がった。

「恐怖でおかしくなったか！」

「トーン、タンタン……」

ふらりと羌瘣が動き出す。足音さえしない、舞踏に似たその歩調。

魏軍兵士たちは羌瘣を嘲《あざけ》り、ただ笑っている。

次の瞬間。フッと羌瘣の姿が霞《かす》み、松明の光を反射して剣がきらめいた。

「!?」

信が驚愕する。数人の魏軍兵士がいきなり身体から血をしぶかせて倒れたのだ。

誰が斬ったかは、さすがにわかる。羌瘣だ。だが剣の動きを信は目で追いきれなかった。

信の剣の腕は並外れている。その信にも見えない羌瘣の剣技は、常軌を逸している。

その場に信を残し、羌瘣が舞うように魏軍兵士の群れに飛び込む。

「なんだッ？」「うわっ」「ぎゃっ」

慌てふためく魏軍兵士たちは、羌瘣の動きにまったく対処ができない。

羌瘣が剣を閃かせるたびに、地面に転がる屍体が増えていく。

「と、止めろおッ！」

魏軍兵士が羌瘣に次々と剣を振るい、槍を突き出すが、その全てをすり抜けるように羌瘣が避ける。

避けながら羌瘣が振るった剣が、的確に魏軍兵士を斬り捨てる。

右に左にと羌瘣は剣舞のごとく身を翻す。魏軍兵士の剣も槍も、かすりさえしない。

信が見とれてしまうほどに、羌瘣の戦いは美しかった。

数人の魏軍兵士を切り倒した羌瘣が、背中を下にして大きく跳躍する。

宙で身を翻し、数人の魏軍兵士の頭上を飛び越えつつ剣を振るい、着地した。

降り立った羌瘣の背後で、ばたばたと魏軍兵士たちが地に倒れる。

ほんの数十秒で、魏軍兵士の数は、半分以下に減っていた。

「……こいつ、化け物か……」

隊長らしき魏軍兵士が怯えたように呟いた、その直後。

「こふっ、こふっ」

突然、羌瘣が咳《せ》き込んだ。膝が折れて倒れそうになる。

羌瘣の剣技に見とれていた信が、声を上げる。

「どうした、羌瘣!?」

「――呼吸が」

羌瘣の息づかいがおかしくなっていた。

「呼吸？」

と信。信にはよくわからないが、羌瘣の不調は明らかだ。

先ほどまでの舞うような動きを失った羌瘣に、魏軍兵士の一人が襲いかかる。

振り下ろされた剣を弾き、羌瘣がその魏軍兵士をどうにか斬った。

倒れる魏軍兵士が伸ばした手が、羌瘣の襟巻きを掴む。

ずるりと襟巻きが引きずり下ろされ、羌瘣の素顔が明らかになった。

松明の揺らめく光に照らされる、白い顔。整った鼻筋、細い顎《あご》。幼さの残る、その風貌。

目つきは鋭い。だが、明らかに少女だった。

それも、美少女だ。

魏軍兵士の一人が怒鳴る。

「こいつ、女だぞ!!　おのれ、ふざけおってッ！」

敵が、女。

魏軍兵士たちの目つきが変わった。

殺すだけでは済まさない、そんな気配を信は感じ取る。

信は一気に羌瘣のもとまで駆け、襲いかかる魏軍兵士の剣を弾き、羌瘣に告げる。

「もういい羌瘣！　お前は上に逃げろ！　ここは俺が！」

魏軍兵士が横合いから羌瘣に槍を突き出した。

剣で弾くのが間に合わず、信はとっさに羌瘣を身体でかばう。

「くっ」

信の左の脇腹を槍の穂先が浅く裂く。

信の陰から抜け出し、羌瘣が槍の魏軍兵士を斬った。

その間にも魏軍兵士たちが、じりじりと信と羌瘣を取り囲もうとする。

足場は緩《ゆる》やかな斜面。先ほどまでならば斜面を上に向かえば迂回《うかい》して逃走することも可能だったが、魏軍兵士たちが距離を詰めてきた今、逃げることは難しい。

追い詰められた信と羌瘣の後ろに、もう道はない。

数歩先は急な下り坂――ほとんど崖だ。

「逃げろ、羌瘣」と信。

「ああ逃げる」

羌瘣が信の手を取り、身を翻した。

「お前も一緒にな」

羌瘣が崖から身を躍らせる。腕を引かれた信も宙へと飛び出した。

「馬鹿野郎ッ！」

信は怒鳴ったが、もう遅い。為《な》す術《すべ》なく、羌瘣と共に崖を転がり落ちていく。

「馬鹿が、自分から死にやがった」

そんな魏軍兵士の呆れ声を耳に、信と羌瘣は闇の中に落ちていった。

第三章

哀しみの一族

羌瘣《きょうかい》は斜面から張り出した岩の陰で、じっとしている。

転がり落ちてきた斜面の上にも周辺にも、すでに魏《ぎ》軍兵士の気配はない。

魏軍には、崖同然の斜面を無理に下ってまで敗残兵の掃討《そうとう》をする気はなさそうだ。

あれからそれなりに時間が過ぎ、羌瘣の乱れた呼吸はすっかり整った。

急斜面を転がり落ちたため、身体中に打撲《だぼく》や擦《す》り傷があるが、深手にはほど遠い。

なんにせよ今、二人とも生きている。羌瘣一人で敗残兵狩りの魏軍兵士たちと戦っていたら、仮に相手を殲滅《せんめつ》できたとしても、羌瘣自身も無事では済まなかっただろう。

一応、羌瘣は信に感謝をしている。だから頭を打って気を失った信を引きずって岩陰に隠したし、左脇腹に受けた槍《やり》の傷も自分の襟巻《えりま》きを裂いて手当てをした。

「……う」

信が小さく呻《うめ》き、うっすらと目を開ける。意識を取り戻したようだ。

「……まだ動くな。頭を打っている」

信が上半身だけ起こすと片手で頭を押さえ、左右に少し振る。

「……助かったのか、二人とも」

ちらりとだけ羌瘣は信を見て、すぐに視線を逸《そ》らす。

「……なんとか、な」

「ん？」

信が胴の回りに巻かれた布に気づく。

「……これ。お前がやってくれたのか？」

「一応な」

羌瘣は横顔に信の視線を感じた。そういえばと思い出す。今は素顔を晒《さら》している、と。

今さら隠すこともないか、と羌瘣は素知らぬ顔をしていた。

「お前はいったいなんなんだ、羌瘣」

信の質問を、羌瘣は無視をする。

「なんで女で戦場なんかに出ている？　なんでそんなに強《つえ》えんだ？」

答えてやる義理などない。羌瘣は面倒に感じた。

「……言わない」とだけ、羌瘣は返す。

「はあ!?」

信が勢いよく立ち上がった。

「槍から守ってやっただろうが、体張って！　あー痛《いて》ぇ、傷が痛ぇ、わきっぱらだけが痛ぇーっ！　痛えなあっ」

恩着せがましく信が騒ぐ。放っておけばいつまでも文句を続けそうだ。

やむなく羌瘣は相手をしてやることにする。

「うるさい。一つだけ答えるから、選べ」

お、と信が表情を明るくした。

「じゃあ。なんでそんなに強……」

言いかけて、信が口を閉ざす。どうした、と言葉にはせずに羌瘣は信を横目で見た。

「……いや。なんで女のお前が、戦場に来たんだ？」

信が質問を選び直した。

「仇《かたき》を討つためだ」

「仇？　誰の？」

誰。誰よりも大切だった人の顔が脳裏に浮かぶ。同時に、その人を失った経緯《けいい》も思い出す。

羌瘣は固く唇を結んだ。怒りが込み上げるが、それは隣の男には関係がない。

隣の男――信が遠慮なく質問を繰り返す。

「おい。誰の仇だよ、羌瘣」

沈黙を挟み、羌瘣は重い口を開いた。

「……姉さんだよ」

小声でぼそりと羌瘣は言った。信にはよく聞こえなかったらしい。

「え？」

「姉さん。象姉《しょうねえ》の、仇だ」

羌瘣は改めて、きっぱりとした口調で告げた。

「……命より大事な象姉が、殺されたんだ」

押し殺した声で羌瘣はそう言った。

「……じゃ、その姉ちゃんを殺した奴が、この戦場にいるのか？」

羌瘣は小さく首を横に振った。

「違う。仇は、魏にいる。でも、魏への行き方がわからない」

信が少し呆《あき》れたような顔になる。

「まさか、それで魏との戦争についてきたのか？　そんなことのために、お前わざわざ」

勢いよく羌瘣は振り返り、信に詰め寄った。

「そんなこととはなんだ！　ぶち殺すぞ、お前ッ」

羌瘣の迫力に、しかし信はまったく怯《ひる》まない。

「羌瘣。じゃあ、お前が死ねない理由って、その姉ちゃんの仇の男を殺すためか」

「……男じゃない」

言って羌瘣は信から離れた。スッと頭が冷える。

「仇は同族内の女だ。私たちは、女しかいない」

ふむ、と真面目《まじめ》な顔で信が短く考える。

「じゃあ、その一族の女は、みんなお前みたいに強《つえ》えのか」

質問は一つだけのはずだろ、と羌瘣は言わず、そっぽを向く。

「もういいだろ。私のことは放っておけ」

「放っておけるかよ。そんな目で、そんな悲しい目で」

その信の言葉に、ぴく、と羌瘣は小さく身じろぎしたが、信のほうを見ない。

羌瘣はそのまま黙り込んだ。信もなにかを考え込んでいるのか、黙している。

沈黙が重く羌瘣にのし掛かる――

「蚩尤《しゆう》――別の名を哀しみの一族……だったか」

ぼそりと信が言った。

羌瘣は反射的に背の剣を抜き、身を翻《ひるがえ》して信の頸筋《くびすじ》に刃《やいば》を突きつけた。

「なんで、その名を。何者だ、貴様！」

羌瘣は知らない。秦《しん》の大王嬴政《えいせい》が刺客《しかく》一族朱凶《しゆきよう》に暗殺されかけたことも、その謀略に加わるよう、蚩尤へも要請があったらしきことも。

蚩尤の名を知るものは、ほとんどいないはずだ。

たかが雑兵《ぞうひよう》の男が、蚩尤の名を知っている。にわかには信じられないことだった。

信を睨《にら》みつける羌瘣。羌瘣をまっすぐ見据える信。

信が、突きつけられた羌瘣の剣を素手で摑んだ。

「俺は、信。お前の伍《ご》の仲間の、信だ」

羌瘣を見つめる信の目に、偽《いつわ》りなどなにもない。その言葉に嘘は感じられない。

「なにが、仲間だ」

羌瘣が先に視線を逸らした。突きつけた剣からも力を抜く。

それに気づいたか、信が剣を放した。

「羌瘣。お前の辛《つら》さは、俺もわかる。俺も兄弟みたいな奴を」

信の言葉を最後まで聞かずに、羌瘣は信から少し離れた。

「……漂《ひょう》、だろ。尾平《びへい》たちと話しているのを聞いた」

信と尾兄弟が同郷で、信の友が殺されたという話を、羌瘣も行動を共にする間に耳にした。

「漂って奴が死んだから、私と同じだと言いたいのか」

「そうだ」

事も無げに信が頷《うなず》く。羌瘣は少し怒りが増した。語気がやや荒くなる。

「一つも、同じじゃない。お前に、蚩尤のなにがわかる」

「じゃあなにが違うのか、教えろよ！」

信が苛立《いらだ》ったように声を荒らげる。

「教えろよ羌瘣！　お前たちはいったい、なんなんだよ！」

聞くまで引き下がらない。そんな圧力を羌瘣は信から感じた。

やむを得ず、羌瘣は重い口を開く。

「……蚩尤は、呪われた一族だ」

「呪われた、一族？」

頷きもせず、羌瘣は独り言のように続ける。

「山から出ることなく、幼い頃よりひたすら殺しの修練を積み重ねる」

短い沈黙を挟み、羌瘣は淡々と、常軌《じょうき》を逸《いっ》した事実を語る。

「蚩尤の名を継ぐ者がいなくなると、各氏族から次の蚩尤の候補者たちが集められ、最後の一人になるまで殺し合いを行わせる」

語りながら、羌瘣は思い出していた。

「その生き残った一人だけが蚩尤を名乗り、山から出ることを許される」

不本意にも生き残ってしまった、あの日のことを。

×　　×　　×

羌瘣には姉のように慕《した》っていた女がいた。同じ羌族《きょう》で名を羌象《きょうしょう》といった。

祭《さい》、と呼ばれる蚩尤候補同士の殺し合いが行われる前日。

祭の行われる森の近く。天然の洞窟の中を整えた住処《すみか》に、羌瘣は羌象といた。

住処の家具は必要最低限だ。粗末な寝台と物入れの箱、水瓶。華美なものは何一つない。

殺人技術を伝えるためだけの一族の生活に、虚飾は不要だ。

小さなたき火の炎だけが揺らめく洞窟に、羌瘣は羌象と並んで座っている。

「幽族《ゆう》の連《れん》、蛾族《が》の経《きょう》。皆かなり、戦《や》る」

と羌象。短めの髪の両側を髪留めでまとめて額《ひたい》を出している。顔だちは整っていて、着飾ればでも目を引く娘になるだろう。

羌象が顔を羌瘣に寄せ、傍《かたわ》らに置いた羌瘣の剣に軽く触れる。

「緑穂《りょくすい》。明日は瘣をしっかり守るんだぞ」

緑穂は、羌瘣の剣の銘《めい》だ。羌象の剣の銘は白鳳《はくほう》という。

羌瘣は羌象の心遣《こころづか》いがとても嬉しかった。この人のためなら、と心から思える。

「象姉……」

「瘣。あんたのこと、本当に妹のように思っていた」

「私もだよ、象姉」

同じ一族ではあるが、それでも二人は実の姉妹のように助け合い、殺人修練の日々を生き延びてきた。

そして。明日は蚩尤候補が最後の一人まで殺し合う、祭が行われる。

羌象が言い聞かせるように語る。

「でも。明日は、お互い自分のために戦わなくちゃいけないんだ。たとえ、目の前の敵が私や瘣であっても」

「心配ないよ、明日生き残るのは象姉だ」

躊躇《ためら》いなく、羌瘣はそう言った。たき火の不安定な炎に照らされた羌象の顔が、曇る。

「……だとしたら。瘣は明日、死ぬってことだよ」

羌瘣は真っ直ぐと羌象を見つめ、告げる。

「構わない」

羌象の視線が揺れた。

「……瘣にも……明日、死んでほしくない」

切実な羌象の言葉に、羌瘣の表情も暗くなる。

「……無理だよ。生き残るのは、一人だけ。そういう掟《おきて》だ……」

羌象が少し羌瘣から離れ、座り直した。

「……わかってる。わかってる……」

そう繰り返し、羌象がうつむいて黙り込む。羌瘣も、なにも言えなくなった。

祭は、一人が生き残るまで殺し合うのが掟だ。

たとえ羌瘣と羌象が二人で戦いを生き抜いても、最後はどちらかが死ぬまで戦わされる。

それなら、死ぬのは自分でいい。羌瘣はそう決めていた。

ややあって羌象が口を開き直す。

「……私にも。生き延びて、まだまだやりたいことが、山ほどある」

子供の頃からの付き合いだが、そんな羌象の話を羌瘣は聞いたことがなかった。

「やりたいことって？」

羌象が顔を上げ、羌瘣を見た。真面目な顔で言う。

「男を知りたい」

「おとこぉ？」

思わず羌瘣の声がうわずる。羌象が面白いものを見たかのように、笑った。

「あはは。瘣には早いか……まあ、男はともかく。山を出て平地にある国ってのを見てみたいし、そこに住む人間を見てみたい。それになになにより――」

なにかを語り、羌象が寝台で横になる。

「そろそろ寝ようか、明日に備えて」

「うん」

羌瘣も己《おのれ》の寝台に身を横たえた。そして目を閉じ、考える。

――祭の開始と同時に、全力でいく。強そうな奴から、斬って回る。

――八人も殺せば十分だ。あとは。象姉がやってくれる。

――象姉は、蚩尤になって外の世界に出る。

傍らの愛剣から、羌瘣は不意に気配を感じた。

羌瘣の緑穂、羌象の白鳳。どちらの剣も、持ち主と心を交わすような不思議な雰囲気を持っている。

その緑穂が、異議を申し立てているように羌瘣は感じていた。

緑穂の柄《つか》にそっと触れ、口の中だけで羌瘣は呟《つぶや》く。

「いいんだ緑穂……そう決めていたんだ。もう、眠ろう」

羌象の寝息を聞きながら、羌瘣は眠りに落ちていった。


目覚めた羌瘣は、すぐに羌象の姿を探した。

「……？」

洞窟の中に、羌象はすでにいなかった。羌象の剣、白鳳も見あたらない。

妙だと感じ、すぐに気づく。

外から洞窟に差し込む陽光が、赤みを帯びている。すでに夕刻のようだ。

ハッとして羌瘣は枕元を確かめた。眠る前になかったものが、そこにはあった。

香に火を点《つ》けて使うための、小さな香立てだ。すでに香は燃え尽きているが、まだ香りはわずかに残っている。

「眠り香――」

文字通り、人を眠らせる香である。

いったい誰の仕業《しわざ》なのか。考えるまでもなく、羌象だ。

その理由は、ただ一つ。祭に羌瘣を参加させないため。

昨日の時点で、羌象は一人で祭に臨《のぞ》むと決めていたようだ。

「……眠らされたッ！」

羌瘣は傍らの愛剣緑穂を背負うと即座に洞窟を飛び出した。

全力で駆け、森に飛び込む。すぐに濃い血の匂《にお》いを感じ取った。

「象姉ーッ!!　象姉ーッ!!」

羌象の名を叫びながら羌瘣は、複雑に太い根を絡《から》ませる樹々の間を疾風のように駆け抜け、そこに着いた。

夕陽すらあまり差し込まない、うっそうとした大木に囲まれたわずかな草地。

羌瘣の正面。折り重なるように倒れている、蚩尤候補たちの屍体《したい》。

右を見やっても、左を見やっても、動くものなどなにもない。

死屍《しし》、累々《るいるい》。そこに生きているものは、皆無だった。

羌瘣は次々と屍体を見て回った。幽族、蛾族、蚩尤候補各氏族の装束《しょうぞく》ばかりだ。

「象姉……象姉……」

羌象の姿を探していても、見つからないことをひたすらに祈る。

一通り屍体を見終えて、羌瘣はその場に座り込んだ。

羌象は、見つからなかった。

「……よかった。象姉が勝ったんだ……」

力なく呟いたその時だ。なにかが自分を呼んだ気がした。

「……?」

折り重なった屍体の向こうに視線を投じる。離れた場所に一振りの剣が落ちていた。

剣の切っ先が向いているほうに、ぽつんと屍体が一つある。

その屍体を見つけてほしいと告げるかのように落ちている剣の銘を、羌瘣は知っていた。

「象姉の、白鳳……!!」

羌瘣は立ち上がりいくつかの屍体を越え、白鳳の先にある屍体に向かった。

剣は間違いなく白鳳で、屍体の衣装は羌族のものだった。

だが。その屍体には、首がなかった。

羌瘣がゆっくりと視線を向けた先。

よく見覚えのある、あの髪飾りをつけた首が、転がっていた。

顔は見えないが、間違いはない。

羌瘣は倒れ込むようにそこまで行き、首を胸に抱《かか》え込んだ。

「ああぁぁあぁあぁ……ぁあああぁあぁ……」

羌象の顔をどうしても見ることができないまま、羌瘣は慟哭《どうこく》した。

×　×　×

祭のことを羌瘣は、信に語り終えた。羌象の名誉のために、羌瘣は付け加える。

「言っておくが。象姉が、弱かったわけじゃない。むしろ強かったから、開始と同時に皆から狙われた。すべては幽族の連の仕組んだことだった」

幽族の連。祭で一人生き残った、当代の蚩尤である。

信が納得したような顔になる。

「そいつが、姉ちゃんの仇か」

「そうだ。私の命はただ、そいつを殺すためだけにある」

それを聞いて、納得していたはずの信の顔に、疑問が浮かぶ。

「じゃあ、仇討ちが終わったあとは？」

「死んで象姉のところにいく」

迷いも躊躇《ためら》いもなく羌瘣は言った。当然のことだ。今の羌瘣は、羌象の仇を取るために生きている。目的を達成すれば、羌瘣は己の命などいらない。

信が、気に入らないというように声を荒らげる。

「ふざけんな！　んなこと、俺が許さねえぞ!!」

一瞬、羌瘣は気圧《けお》された。だが信にそんなことを言われる筋合いはない。無言で睨《にら》み返すと、信がさらに言ってくる。

「お前は、間違ってる」

「なにがだ」

信が思案顔になった。

「……よくわからねえ。でも、お前はそんな面《つら》で、そんな目でずっと仇を追って、仇を討ったら、自分も死ぬのか?」

「そうだ、悪いか」

さっきからそう言っている。なんなんだ、と羌瘣は内心いらついた。

「悪いに決まってんだろッ!!」

先ほどの怒鳴り声よりもいっそう大声で、信。さらに信が声を張る。

「ふッざけんじゃねえッ! なにがここでは死ねないだ、馬鹿野郎ッ!!」

羌瘣は信の迫力に再び圧倒されてしまった。黙り込む羌瘣に、信が語り続ける。

「俺は、天下の大将軍になる。それは漂の夢でもある。漂と約束したからな、だから俺は死ねない」

信が遠い目をして続ける。

「上り詰める。それ見てたら漂が絶対、笑ってくれっからな。これが、俺の死ねねえ理由だ」

死ねない理由。

だが、羌瘣は不思議と信の言葉を否定する気にはならなかった。

「……」

無言の羌瘣に、信が問う。

「お前の姉ちゃんはどうなんだよ？　お前が仇討ちして、そんで死んだら。お前の姉ちゃんは喜ぶのかよ」

小さく羌瘣は身じろぎした。羌象が喜ぶかと問われたら、否《いな》、としか答えられない。

それでも。羌瘣が今生きている理由は、仇討ちだ。

「だって。それしか、私には……」

「羌瘣。姉ちゃんの夢は、なんだったんだ？」

信が重ねて問うた。

夢。

なにか、羌象は言っていた気がする。だが羌瘣は思い出せなかった。

記憶の奥底に、なにか大切なものが沈んでしまっていることだけはわかるのに、どうしても思い出せない。

「そんなの！　覚えてない！」

癇癪《かんしゃく》を起こした子供のように、羌瘣は左右に首を振った。

落ち着け、というように信が静かに語る。

「姉ちゃんにも、夢があったはずだ。それを思い出せばきっと、お前はそんな悲しい目をしないで済む」

「……」

なにも言えずに羌瘣は黙り、立ち尽くす。信が無言で羌瘣から離れ、岩に腰を下ろした。

そのまま夜が明けるまで、二人に言葉はなかった。

第四章

将の生き様

魏《ぎ》軍副将宮元《きゅうげん》の陣がある第一の丘のふもとにある崖を、朝日が照らし始める。

崖の際《きわ》ぎりぎりにある大きな岩の陰に、澤圭《たくけい》、尾《び》兄弟、沛浪《はいろう》と他の秦《しん》軍歩兵数人が身を隠していた。

沛浪が、荒野の地平に出始めた朝日を恨めしそうに見る。

「……日が昇る。もう敵に見つかる。終わりだ」

沛浪たちが隠れている場所は、崖下側からは丸見えだ。夜ならともかく、明るくなれば残存兵狩りの魏軍兵士に見つかるのは、時間の問題である。

見つかった後の運命は、考えるまでもない。

「……」

全員、言葉はなかった。

渋い顔の沛浪。他の兵は露骨《ろこつ》に絶望し肩を落としている。

その時だった。どこからか、呼び声が聞こえてきた。若そうな男の声だ。

「おーい。おーい」

声の主《ぬし》の姿はどこにも見えない。まさか、もう魏軍の残存兵狩りが始まったのか、と澤圭たちに緊張が走り、皆が周囲を見回す。

その時。いきなり、ぬっと崖の際に下から手が伸びた。誰かが崖を登ってきたらしい。

身構える澤圭たちの前に、

「おー、いたいた」

気楽な声と共に姿を見せたのは、昨夜はぐれた信《しん》だった。

「よっと」

崖上に身体を引っ張り上げた信が、その場に腰を下ろす。

信の横。崖を登ってきた羌瘣が姿を見せた。

「信！」と尾平。「羌瘣！」と尾到。

残存兵狩りから逃げる際にはぐれた信と羌瘣を、伍の仲間たちはかなり心配していたらしい。

他の歩兵たちも一様に信たちの生還を喜んでいた。

尾平がぼろぼろと泣き始める。

「よかった。本当によかった」

「よかねえよ」と沛浪。続けて、

「こっちがやばいことは変わってな――ん？」

沛浪が羌瘣をまじまじと見た。

信と羌瘣の生還に浮かれていた他の歩兵たちも、きょとんとした顔を羌瘣に向ける。

羌瘣は襟巻《えりま》きを下げ、素顔を晒《さら》していた。

誰も想像さえしていなかった美少女が、そこにいた。

えええ、と信と羌瘣以外の誰もが動揺する。

この瞬間だけは、魏軍の残存兵狩りのことも忘れ、全員が呆気《あっけ》に取られた。

×　　×　　×

蛇甘《だかん》平原第一の丘にある宮元の本陣は、落ち着いた朝を迎えていた。

戦略図の前の床几《しょうぎ》に、宮元は座っている。

宮元が眺める戦略図の手前側には、宮元直属の大隊、第三大隊を構成する駒がずらりと並び、戦略図中央の蛇甘平原中心付近の秦の各軍の駒はまばらだ。

戦略図の奥側に秦軍の主力、騎馬隊の駒があるが、その数は魏軍第三大隊よりもずっと少ない。騎馬隊の向こうに敵の総大将、麃公《ひょうこう》の本陣がある。

戦局は圧倒的に魏軍の有利。慌《あわ》てる理由など、なに一つない。

宮元の言葉を、宮元配下の将たちが待っている。

「今日で、勝敗を決める」

と宮元。配下の将たちの表情が引き締まり、宮元が続ける。

「昨日の戦車隊の蹂躙《じゅうりん》によって敵の前線部隊はほぼ壊滅。もはや秦軍にあらがう力は残っておらぬ。平地に出した第三大隊を押し出せ！」

「「「は！」」」

配下の将たちの返答が揃《そろ》った。つまらなさそうに宮元が独り言のように言う。

「そもそも。呉慶《ごけい》様と麃公とでは、将の力量が違い過ぎたのだ」

ドドドン、ドドドン、と第三大隊突撃を告げる太鼓が鳴り響き始める。

×　×　×

蛇甘平原第二の丘。総大将呉慶の本陣に、宮元の本陣から太鼓の音が届いた。

呉慶の配下の将が、呉慶に伝える。

「全軍突撃の合図です。宮元様の第三大隊が、敵本陣に向けて進軍を開始しました」

「……」

呉慶は無言。白と赤の化粧を施《ほどこ》した顔は表情をまったく変えない。

すなわち。呉慶はまだ軍を動かさないということだ。

呉慶は、知将と呼ばれる類《たぐ》いの将である。

情報から状況を判断し、最適だと考える行動しか選ばない。

その呉慶が動かない以上、配下の将たちとその軍も、動かない。

第二の丘で呉慶軍が戦場に睨《にら》みを利《き》かせ続ける。

魏軍にとって今の戦局は、それで充分なはずだった。

×　×　×

蛇甘平原の平地。今日はまだ本格的な戦闘は一度もなく、荒れ地には昨日の激戦の跡がそのまま残っている。

折れた旗や槍《やり》、曲がった剣に割れた盾《たて》。放置された指揮台車、そして歩兵たちの屍体《したい》。

そんなものがそこかしこにある中で、生き残りの歩兵を集めて部隊を再編中の秦軍兵士たちにも、魏軍の太鼓の音が届く。

太鼓の音は遠く、どろどろと低い雷鳴に似た不気味さがあった。

「……魏の進軍の合図だ」

「間もなく魏軍が来るぞ」

「動けるものは準備しろ！」

秦軍の正規兵たちが、信たちのような召集歩兵たちに命じるが、平地に残っている歩兵は怪我人ばかりだ。戦力の立て直しはとても順調とは言えない状況である。

平地で苦境に立たされている歩兵隊の後方。秦軍主力の騎馬隊は、まだ動かない。

第四軍騎馬隊の各千人将、壁《へき》、尚鹿《しょうかく》、縛虎申《ばくこしん》は、率いる部隊を待機させたままだ。

壁たちのいる後方からでも、平地の向こう側、魏軍の様子は窺《うかが》える。

昨日までの第二大隊に加え、丘から主力の第三大隊が降りてきた。平地に展開した兵士の数の差は、圧倒的を通り越して、絶望的だ。

並大抵のことでは、この戦局を覆《くつがえ》せそうもない。全軍退却か、それとも突撃か。選択と時合いを見誤ったら、秦という国の存続の危機になる。

尚鹿がいらだったように言う。

「くそ。魏軍の主力が動き始めた。このまま麃公将軍の首を獲《と》る気だ」

焦《あせ》りを隠さず壁が口を開く。

「……突撃の命令は、まだか」

尚鹿が本陣のほうへと目を向けた。

「まだ待機の旗が揚がっている……」

あくまで騎馬隊は待機。麃公の意志は変わらないらしい。

覚悟を決めたように、縛虎申が大声で命じる。

「縛虎申騎馬隊、防御の陣形!!」

動けない以上、敵がどれほどの大軍であろうとも、この場で迎え撃つしかない。

平地では戦力が整わず、突撃の命令が未《いま》だ下らない秦軍に、魏軍の大軍が迫る。

×　　×　　×

崖近くの岩陰。信の仲間たちはひとしきり羌瘣の素顔に驚いた後、次の行動の相談を始めた。

「いいですか」

と澤圭が、崖からわかる範囲での現状を説明する。

「敵の主力が行動を始めました。私たちがいる場所は平地の敵の大軍と、敵の本陣がある丘の間。味方からは完全に切り離されて孤立しています」

信は岩場の陰から周辺を見た。

「この辺りに味方は、何人くらい残ってる」

「私たち以外に隠れている歩兵を合わせても、三十人くらいでしょうか」

尾平と尾到が、待て待てと首を振る。

「とにかく逃げよう」と尾平。

「あっちに行けば」

平地でも丘でもないほうを指さす尾到。

「いいや」と信。「逃げねえで攻めるのは、どうだ？」

沛浪が呆《あき》れ半分怒り半分という顔になる。

「ガキ。どこ攻めるっていうんだ」

「あそこ」

信が指さしたのは、宮元の本陣がある丘だった。

歩兵だけで本陣を狙う。普通に考えれば、無謀な提案だ。だが今は普通の状況ではない。

平地に戻れば大軍に揉《も》まれて死ぬだけだ。逃げるにしても、どこで命を落とすかわからない。

信と仲間たちはしばし顔を見合わせた後、決意を固めた表情になる。

魏軍守備隊に見つかっていない今なら、不意を突いて事が上手《うま》く運ぶかもしれない。

信たちは、付近に潜《ひそ》んでいた他の秦軍第四軍歩兵の生き残りを探して集め、行動を開始した。

信を先頭に、全部で三十人ほどの残存歩兵隊が、丘の中腹を目指して走る。

正面、森の手前に敵の守備隊。見えているだけでも、魏軍兵士の数は信たちの十倍以上だ。

見えない範囲にどれだけ兵士がいるか、わからない。

まともに交戦すれば、信たちはまず間違いなく全滅する。

守備隊を突破するには、気づかれる前に可能な限り接近し、交戦開始のどさくさに紛《まぎ》れて森まで逃げ切るしかない。

さらに森を駆け抜け、丘上の宮元の本陣に突撃し、勝利する。

万に一つも成功の可能性はないだろうが、今の信たちは賭けるしかなかった。

全力で走る第四軍残存歩兵隊。三十人は戦力としては微々たるものだが、それでも集団で行動して目立たぬはずがない。

敵の接近に気づいた魏軍兵士たちが、一斉に信たちに向かって動き出す。

「ばれました!!」と澤圭。

「上手くいくって言ったじゃねえか、信！」

と尾平。信は背中の剣を抜きつつ怒鳴る。

「うっせえ、行くぞッ!!」

先陣を切り、信は魏軍守備隊に斬り込んだ。

×　×　×

丘のふもとでの守備隊と秦軍残存歩兵隊の戦闘は、すぐに宮元の本陣に伝えられた。

守備隊からの伝令が、宮元のもとに駆け込む。

「報告します、丘のふもとから敵歩兵の残党が数十名、こちらに登ってきます」

報告を受けた宮元の副官が、露骨に呆れた。

「――数十名？　それで、この丘を？　秦は阿呆《あほう》の集まりか」

宮元の周囲にいる将たちが、一斉に声を上げて笑いだす。

嘲笑《ちょうしょう》が広がる中、宮元も嘲《あざけ》るような笑みを浮かべた。

「ゴミクズなど放っておけ。中腹にいる守備隊二千で対応すればよい」

敵はたった数十名の歩兵。対するは守備隊二千の兵。数の差は圧倒的だ。

ゴミクズ同然の秦軍残存歩兵など瞬《また》く間《たま》に、守備隊の前に全滅するだろう。取るに足らない戦闘だ。

宮元は、信たちの行動を無視すると判断した。

×　　×　　×

魏軍第三大隊全軍突撃開始の報は、迅速《じんそく》に廉公本陣にもたらされた。

盤上の戦略図を前にした廉公に、飛び込んできた伝令が報告する。

「宮元の主力部隊により、前線は壊滅です」

ざわっと廉公配下の将たち全員に、動揺が広がる。

「廉公様、ここは撤退を！」

将の一人がそう進言したところに、新たな伝令が走り込んでくる。

「第四軍歩兵隊の生き残り数十名が、宮元の丘のふもとまで到達したとの報告が」

信たちのことに違いない。

崖の岩陰から出た信たちが丘を目指すところを、秦軍の斥候《せっこう》が確認したようだ。

撤退を進言したのとは別の将が、苦々しげに呟《つぶや》く。

「少なすぎる。やられるのは時間の問題だ」

援軍を送るにしても、信たち第四軍歩兵隊の生き残りがいる場所は主戦場の平地の先。信たちと合流するには、平地を進軍してくる魏軍を突破しなければならない。第四軍歩兵隊に援軍を送っても、魏軍に全滅させられる可能性が高く、戦術としては間違いなく下策だ。

戦況を論理的に分析し、作戦を決める将ならば、決して援軍は出さない。

撤退以外に打つ手なし。誰もがそう考えてもおかしくなく、状況はほぼ最悪だ。

だが麃公の顔には、笑みが浮かぶ。

「……面白いのぉ」

麃公の笑みに、一人の将が訝《いぶか》しげな目をする。

「……麃公将軍?」

麃公の顔から笑みは消えない。ますます愉快そうに目を細める。

「わずかな、火だ。だが、第四軍の歩兵の中に異彩を放つ小さな火が、ある。そういうところには、なにかがある」

配下の将たちが揃って息を呑み、黙して麃公の言葉を待つ。

「一の働きが十を動かし、千につながり万を崩す。小さな火から始まる連鎖が大炎を呼び込み、戦局は一気に終局に向かう。戦《いくさ》とはそういうものじゃのぉ、皆の者」

　麃公がぐるりと周囲の将たちを見回す。

「は」と将たちの声が揃い、麃公が命じる。

「伝令を出せ！　第四軍の合戦場《かっせんじょう》へ、全軍、突撃じゃあッ！」

　麃公は盤上の騎馬隊のコマを、第四軍歩兵隊のいる宮元本陣の丘のふもとに、叩きつけた。

　本能で行動する大将軍、麃公は今、動くべきと判断した。そう判断させたのは、信たち残存歩兵隊の、無謀としか思えない突撃だ。

　小さな火が今、戦場に大火を起こす。

×　×　×

　麃公からの突撃の命令を受け、秦軍主力騎馬隊は戦場の後方から一気に進軍した。

　荒れ地を騎馬の大軍が駆ける様は圧巻だ。だがそれでも、兵力では魏軍がはるかに秦軍を上回る。

　兵士の数で圧倒的に優る魏軍に、楔《くさび》状の陣形を取り、騎馬隊が突撃をかける。

　騎馬隊を率いる千人将の一人、壁にとってはようやく訪れた参戦の命令だが、さすがに状況が悪い。

騎馬隊の向かう先、第二大隊と第三大隊が合流した魏軍は地平を埋め尽くすほどの大軍で、突破して丘に向かうなど不可能にしか思えなかった。

壁が、隣で馬を駆る千人将、縛虎申に訴える。

「縛虎申、あの大隊に策なく突撃するのは無謀過ぎる！」

「わからぬか！」

怒鳴り返す縛虎申。続けて、

「麃公将軍の本当の狙いは、ここから大局を覆すことだ！」

壁には、にわかに信じられなかった。

負け戦も同然の戦局を、ひっくり返す。そんなことができるとは思えない。

「まさか」

「このまま敵陣を突破し、歩兵隊の残党と共に丘の上にいる副将、宮元を狙う！」

縛虎申は麃公の突撃命令の目的を、そう捉《とら》えていた。それこそが麃公の狙いだと。

「無理だ、縛虎申！　無駄死ににになるぞ！」

「馬鹿が！　この機を逃せば、それこそ今までの兵たちの死が無駄になる！」

壁と縛虎申の言い合いの間にも、敵軍との距離は迫る。

壁のすぐ近くで馬を走らせていた千人将、尚鹿が覚悟を決めたように叫ぶ。

「来やがった！　壁、ここはもうやるしかねェッ！」

やれるだけやるしかない、と壁も後続の騎馬隊に指示を飛ばす。

「くそ！　壁隊、縛虎申隊の突破を援護するッ！」

「縛虎申隊、中央を突破するッ!!」

秦軍主力騎馬隊は、魏軍の中央を突破するべく、一丸となって突っ込んだ。

×　　×　　×

信たち秦軍残存歩兵隊と魏軍守備隊の戦闘は、一瞬で激化した。

「うっるあッ!!」

押し寄せる魏軍兵士を、信が次々と斬る。

邪魔な敵を蹴り飛ばして道を作ろうとするが、どれほど倒しても続々と魏軍兵士が現れ、前を塞《ふさ》ぐ。信の周辺は、完全に乱戦状態だ。

澤圭と尾平、尾到が一組で魏軍兵士一人に対抗し、羌瘣は彼らを守りつつ奮戦しているが、多勢に無勢で不利は否《いな》めない。

「くっそッ！」

毒づく信。尾平が泣きそうになる。

「敵の数が、多すぎるって！」

沛浪たち他の秦軍歩兵も善戦はしているが、それでも一人、また一人と秦軍歩兵は数を減らしていく。圧倒的に数的に不利なため、伍《ご》がすでに機能していない。

全滅が現実味を帯びてきた、その時だ。

一騎の騎馬が、乱戦に飛び込んできた。

馬上から剣を振るって魏軍兵士を斬った千人将の顔を、秦軍第四軍残存歩兵隊の誰もが、知っている。

尾平が喜びの声を上げる。

「縛虎申隊長！」

千人将縛虎申に続き、数十の秦軍騎馬がこの乱戦の場に突入してくる。

信は敵を斬り捨てつつ、感嘆した。

「あのおっさん、抜けてきたのか！」

縛虎申隊が、魏軍を突破してきたということだ。

大軍を相手に、さすがに騎馬の数を減らしただろうが、それでも歩兵相手であれば、騎馬は絶大な力を発揮する。

尾平が槍の石突《いしづき》を地に立て、その柄《え》にすがりつく。

「助かった。俺たち、助かった……」

近くの尾到も、心底安堵《あんど》した表情だ。

「あとは、騎馬隊がやってくれる……」

「馬鹿、まだなにも終わってねえだろッ！」

気を抜きそうな尾兄弟を信が怒鳴りつけ、魏軍兵士を斬る。

騎馬隊参戦で勢いづいた秦軍第四軍残存歩兵たちが、魏軍兵士を圧倒し始めた。

魏軍守備隊の隊長格と思《おぼ》しき兵士が、

「森まで後退!!」と指示を飛ばす。

すぐさま魏軍守備隊の後退が始まり、馬上の縛虎申が、残存歩兵たちに向けて声を上げた。

「よくぞ、魏軍戦車隊の攻撃から生き延びた！　その上、反撃にまで出たことは縛虎申隊の誇りである！」

残存歩兵たちの緊張が緩《ゆる》む。

あとは騎馬隊に任せられる、そう考えている兵士が多いようだ。

縛虎申の言葉が続く。

「絶体絶命の死地を乗り越えた貴様らならば、さらなる死地も乗り越えられるはずだ!!」

残存歩兵たちが、この将はなにを言ってるんだ、という表情になり始める。

信は目に期待の色を浮かべた。

縛虎申が手にした剣を森向こうの丘へと向ける。

「これより我が隊は、丘の頂上に布陣した敵副将、宮元の首を獲《と》る！」

残存歩兵たちが絶望感をそれぞれに表す。

泣きだしそうになるもの、肩を落とすもの、へたり込むもの。

異議を唱えれば縛虎申に斬られるだけなのは、前に縛虎申に意見した百人将がその場で斬られたことからも、明らかだ。

尾平が疲れ切った口調で呟く。

「嘘だろ……せっかく、助かったと思ったのに……」

一方で信は闘志を全身に漲《みなぎ》らせる。

「そうこなくっちゃ」

そんな信に尾到が呆れた。

「うちの隊には、やべえ奴しかいないのか……」

尾到の呟きをよそに、縛虎申が気炎を上げる。

「この一戦、秦軍の勝利そのものに直結する大事と心得よ！　歩兵は騎馬の後ろに続け！　倒れた者は躊躇《ちゆうちよ》なく置いていく、覚悟しろ!!」

尾到が、守備隊が後退した森のほうに目を向けた。

「……あの数の守備隊を、突破するのか？」

これまで黙っていた羌瘣が、口を開く。

「突破が目的なら、敵を倒す必要はない。全力で走り抜ければいい」

羌瘣に、信が軽い口調で言う。

「へ、どうした？　結構しゃべるようになったじゃねえか」

「こんなところで、死ぬわけにはいかない」

と羌瘣。へへ、と信が笑う。

「そうだな！　よし、お前ら！　突撃態勢だ！」

「お前が言うな！」と突っ込む尾平。

「突撃!!」

縛虎申が号令をかけ、騎馬隊と残存歩兵隊からなる縛虎申隊が、魏軍守備隊の待ち構える森へと突っ込んでいく。

縛虎申隊の騎兵は練度が高く、決して広くはない木々の間でも、それほど速度を落とさず馬を走らせる。歩兵たちはついていくので精一杯だ。

前方。後退してまだ陣形の整っていない魏軍守備隊が見える。

「敵襲!?」「騎馬隊だと!?」「森の中を!?」

騒ぎだす魏軍守備隊の兵士。

尾平と尾到が弾《はず》む息で喘《あえ》ぎながらも声を上げる。

「あんなの無理だよ！」

「敵がうじゃうじゃいるぞ！」

尾兄弟の泣き言を聞きつけたのか、縛虎申から檄《げき》が飛ぶ。

「数に惑《まど》わされるな、突破が目的だ！　目の前の敵だけ叩き斬っていれば必ず抜けられる！」

「なるほど！」と信。

「いや無理だろ！」と尾平。

無理だろうがやるしかないのは尾平もわかっている。

でなければ、必死になって騎馬を追って走ったりしない。

この戦場を抜けなければ、死、あるのみ。

生き残るためには、無理矢理にでも敵を倒すしかないのだ。

縛虎申隊と魏軍守備隊が、森の中で激突する。

×　×　×

蛇甘平原の平地で、壁と尚鹿が率いる騎馬隊が、押し寄せる魏軍に激しく抵抗している。

壁たちは縛虎申の騎馬隊を援護し、丘のふもとに送り込むという目的を果たした。

だが、自《みずか》らも魏軍の中に深く入り込んでしまったため、転進はもう不可能だ。

となれば、少しでも敵の兵力を削り、行軍を遅らせるために戦うのみである。

騎兵と歩兵では、有利なのは圧倒的に騎兵だ。

馬という巨大な生物の突撃を人間が食い止めるのは難しく、馬上の騎兵が矛《ほこ》や槍を使えば、高さの利を生かして歩兵を一方的に攻撃できる。

ただし歩兵に対しての騎兵の有利は、あくまで騎馬に対して歩兵の数が極端に多くない場合である。

そして壁たち秦軍騎馬隊に対し、第二大隊と第三大隊を合わせた魏軍の歩兵は、絶望的なまでに多かった。

馬上の騎兵に歩兵の攻撃は届きにくい。だが馬自体を狙えば、歩兵が剣で斬ることも槍で突くことも、無理ではない。

馬を傷つけた後に吹っ飛ばされる可能性は高いが、後続の兵がさらなる一撃を馬に加える。

一騎、また一騎と騎馬が押し寄せる歩兵に潰されていく。

壁が、乱戦の中で周囲を鼓舞する。

「食い止めろ！　まもなく丘を縛虎申隊が奪うはずだ！」

縛虎申が第一の丘の宮元本陣を潰《つぶ》せば、丘に秦の旗が翻《ひるがえ》るだろう。

そうなれば必ず魏軍は動揺する。大軍であっても乱れが生じれば、そこに活路は生まれる。

だが、それまで壁と尚鹿の騎馬隊が持ちこたえられるのか。

尚鹿が悲壮な叫びを上げる。

「兵力差があり過ぎる、もう限界だ！」

歩兵の槍が尚鹿を狙う。

その歩兵が新たに現れた騎馬に蹴散らされた。

「第三軍騎馬隊到着！　第四軍に加勢する！」

百騎を優に超える騎馬隊が、戦場に合流した。

それでも数の不利は否めないが、持ちこたえられる時間は延びる。

まだか、と壁が第一の丘を見やった。

依然《いぜん》、第一の丘の頂上には、魏の旗がはためいていた。

×　　×　　×

宮元の本陣を目指す縛虎申《ばくこしん》隊は、森の中で魏軍守備隊と乱戦状態に陥《おちい》っていた。

兵士の数では、縛虎申の騎馬隊が加わっても魏軍守備隊がはるかに優っている。

だが森という障害物が多い環境のせいで集団戦が難しく、魏軍守備隊は数的優位を生かせずにいる。

一方、木々は騎馬にとっては厄介《やっかい》な障害物でしかないが、縛虎申騎馬隊は練度が高く、魏軍守備隊の抵抗で数を減らしつつも、もうすぐ守備隊を抜くところまで進んでいた。

騎馬を守りつつ魏軍兵士と斬り結んでいた信《しん》の目の前に、どこかで主《あるじ》を失ったらしき馬が一頭、走り込んでくる。

「！」

信は相手にしていた魏軍兵士を蹴り飛ばし、その反動で馬へと飛びつく。

片手に剣を持ったまま、信はもう片方の手で手綱《たづな》を強引に掴み、馬に振り回されながらもしがみつき、騎乗した。

前方、澤圭《たくけい》たち伍の仲間が魏軍兵士の一団と争っている。

「今だッ!!」

信は迷わずその中央に馬を走らせ、魏軍兵士を蹴散らした。

態勢の崩れた魏軍兵士たちを、澤圭たちが次々と討ち取っていく。

そこが戦場の穴となり、信の馬に続いて縛虎申騎馬隊が守護隊を突破する。

「しゃッ、抜けたッ!!」

信は馬を止め、来た道を振り返る。

羌瘣《きょうかい》、尾《び》兄弟、澤圭、沛浪《はいろう》、他の歩兵たちもどうにか守備隊を抜けてついてきていた。

だが、すぐ後ろを魏軍守備隊が追ってきている。

「大丈夫か、お前ら！」

仲間に呼びかけた信のすぐ隣に、縛虎申が馬を止めた。

騎馬隊が縛虎申の近くに集まり、縛虎申が指示を出す。

「歩兵をここで切り離す。騎馬隊は全力で山頂に向かうぞ」

「はッ！」

と騎馬隊の兵士たちの声が揃う中、

「おい！　騎馬の援護がなきゃ、こいつらひとたまりも」

信が縛虎申に反論した。

縛虎申の怒りに触れるかと思いきや、縛虎申は冷静に告げる。

「騎馬も歩兵も、等しく死線の上にいる。全ては勝利のため。それが軍というものだ」

勝利のために。

信は言葉を失った。

敗《ま》けてしまえば全てが無意味になることぐらい、わかるからだ。

死んでいった数多《あまた》の兵士たちの命が、無駄になる。

一人の兵士として、それは到底、許せるものではなかった。

黙り込んだ信に、縛虎申が命じる。

「貴様は伍を離れ先頭に来い。今は、一騎でも多く騎馬が必要だ！」

信はすぐに返事ができなかった。伍の仲間を見捨てる決心がつかない。

そこに澤圭たち伍の仲間が追いついた。

「行けよ、信！」

そう叫んだのは尾平《びへい》だ。続けて澤圭が、

「信君が伍に収まらないことは、十分承知しました」

「天下の大将軍に、なるんだろ」

と尾到。どの顔からも決意がうかがえる。信は覚悟を決めた。

「羌瘣、頼んだぞ！」

歩兵たちの中で間違いなく最強の少女に、信はこの場を託す。

「……迷惑だ」

ぼそりと羌瘣。隣で尾平が「えぇぇ」と弱気を顔に出す。

だが信は羌瘣を信じている。

「へ、そう言うなって」

いざとなれば必ず、この少女は仲間を助けてくれる、と。

「じゃあな、あとでまた上で会うぞ！」

信は羌瘣に笑ってみせると、馬の腹を蹴って走らせた。

同時に縛虎申隊も馬を走らせ、騎馬隊が森の出口を目指して斜面を駆け上がる。

羌瘣が、くるりとその場で身を翻した。追ってくる魏軍兵士たちのほうへと数歩、進む。

そして片手に剣を持ったまま、両手を広げた。

魏軍兵士たちは意表を突かれたのか、一瞬たじろぎ、止まる。

その隙《すき》を見逃さず、羌瘣が先陣を切って魏軍兵士たちに突っ込み、嵐のように剣を振るい始めた。

羌瘣は剣の一振りで魏軍兵士二人を同時に仕留め、背後から突き出された槍を、身体を前に投げ出してかわしつつ、考える。

――ここまでに、体力を使いすぎた。

――息を整える時間がない。

――呼吸が、使えない。

羌瘣は、蚩尤《しゆう》の一族が呼吸と呼ぶ、身体能力を大幅に強化する技を使うことができる。蚩尤候補として祭《さい》で唯一生き残り、正式に蚩尤の名を継いだものならば、呼吸を無尽に使えるという。だが羌瘣は、その域に至っていない。

――それでも。今の私にも、できることはある。

槍をかわした羌瘣は前転し、立ち上がりざまに目の前の魏軍兵士たちの足の腱《けん》を切った。

羌瘣は倒れる魏軍兵士に追撃をせず、次の敵に向かう。止《とど》めは不要だ。

今、必要なのはまず戦闘可能な敵の数を減らすことである。戦闘不能の敵ならば、後の始末は他の歩兵に任せられる。

騎馬隊に見捨てられた以上、歩兵たちだけで生き残るしかない。

羌瘣には魏に行き、羌象《きょうしょう》の仇《かたき》を討つという目的がある。それを果たせば命などいらない。いずれは捨てて構わない命だが、こんなところで失うわけにはいかないのだ。

生き残るために、羌瘣は剣を振るう。

沛浪たち他の歩兵が奮戦する中、尾到《びとう》が危機に瀕《ひん》していた。

尾到は敵に押し倒され、討ち取られそうになっている。

羌瘣は振り下ろされる剣をかいくぐり、尾到のもとに向かった。

尾到は必死に抵抗しているが、今にもやられそうだ。

羌瘣は敵を斬り捨て、尾到に手を差し出した。

「大丈夫か」

羌瘣の手を借りて尾到が立ち上がる。見た限り酷《ひど》い怪我を負ってはいないようだが、羌瘣が助けなければ尾到は死んでいただろう。

その尾到が、必死の形相《ぎょうそう》で訴える。

「俺より、兄ちゃんのところに行ってくれ！」

尾到が視線を向けた先。尻餅《しりもち》をついた尾平が、複数の魏軍兵士に囲まれている。

確かに尾到よりもずっとまずい状況だ。

ち、と羌瘣は一つ舌打ちし、昨夜に信と話したことを走りながら思い出す。

伍の仲間だ、と言い切った信。

天下の大将軍になるなどと正気を疑いたくなることを、真剣に、それが運命だともいうように語ったあの男は、言っていた。

『姉ちゃんの夢は、なんだったんだ?』

姉――羌象の、夢。

『姉ちゃんにも、夢があったはずだ。それを思い出せばきっと、お前はそんな悲しい目をしないで済む』

あのあと、ずっと羌瘣は考えていた。羌象はなにを夢に見ていたのだったか、と。

思い出したことはある。羌象は、生き延びてやりたいことが山ほどある、と祭の前の夜に、語っていた。

山を降りて平地の国を見たい。

そこに暮らす人を見たい。

男を知ってみたい。

そんなことを聞かされた覚えはあるが、それらが羌象の夢かと問われると、違うように羌瘣は思う。

なにか、大切なことを忘れてしまっている気がする。

——思い出したら。私も変わるのだろうか。

わからないまま、羌瘣は尾平に迫る魏軍兵士たちに躍《おど》りかかった。

一人二人と羌瘣が魏軍兵士を斬る間にも、尾平に魏軍兵士が迫る。

魏軍兵士が尾平に向けて剣を振りかざした。

「〜〜〜〜!!」

尾平が声にならない悲鳴を上げる。

魏軍兵士が振り下ろした剣を、羌瘣はすんでのところで弾いた。

羌瘣が尻餅をついたままの尾平の腕を取る。

「立て、逃げるぞ！」

尾平は足に傷を負っている。

「ダメだ、もう動けねえっ。俺はいいから弟の所へ行ってあいつを助けてやってくれ、頼む」

構わず羌瘣は尾平の腕を引っ張った。

「その弟に頼まれて、ここに来たんだ！」

尾平がなかなか立ち上がらない。その間にも、魏軍兵士が何人も斬りかかってくる。

羌瘣は尾平の腕を放して応戦した。剣を弾き、槍をかわし、敵を斬る。

何人斬ったか、もう羌瘣にはわからない。

わかるのは体力の限界が近いということだけだ。

蚩尤の呼吸どころか、普通に息をすることさえ苦しくなってきた。

「もういい！　先に行ってくれ、俺はここで死ぬ！」

守られるだけの尾平がわめいたが、羌瘣は剣を振るう手を休めない。

「お前だけでも生き延びろ！」

尾平の叫びが、いつかの羌象の言葉を羌瘣に思い起こさせる。

『私にも、生き延びてまだまだやりたいことが山ほどある。それになにより……』

――あのあと。象姉《しょうねえ》は、なんて言った？

『思いっきり笑ってみたい』

魏軍兵士の剣を受けて力負けし、背中から倒れた瞬間に、羌瘣は思い出した。

自分を殺そうとしている眼前の敵兵の姿が、歪《ゆが》んで見える。

「……なによそれ、象姉」

魏軍兵士を蹴って距離を取り、立ち上がりざまに斬りつけて羌瘣は剣を構え直した。

「ただ、笑うって」

その目元が濡れている。涙だ。羌瘣は、泣いていた。

「羌瘣……？」

尾平が、羌瘣の涙に気づいて驚きを顔に出し、再び叫ぶ。

「羌瘣、行けッ!!」

尾平を狙った魏軍兵士を羌瘣は立て続けに数人斬り、尾平に片手を差し出した。

「立て、尾平。行くぞ」

「俺は無理だって……」

「無理じゃない」

羌瘣の脳裏に、いつか見た羌象の笑顔が浮かぶ。

綺麗な笑顔ではあったが、きっと心からの笑みではなかったのだろうと、今となって羌瘣は思った。

生きていれば。きっと思い切り笑える時が、羌象にも訪れただろう。

生きてさえ、いれば。

「無理じゃない！　だってお前はまだ、生きているじゃないか!!」

泣きながら、羌瘣は叫んだ。

「……わ、わかった」

尾平が羌瘣の手を借り、懸命に立ち上がる。

羌瘣の動きが止まったその隙に、さらなる魏軍兵士が斬りかかってきた。

尾平をかばって羌瘣が剣を振るう。疲労が酷く、愛剣の緑穂《りょくすい》がやたらと重く感じられる。

剣を落としそうになった羌瘣の前に、尾到が割って入った。

不格好ながら魏軍兵士の剣を止め、その魏軍兵士を脇から澤圭と沛浪が仕留める。

「兄貴、無事か！」と尾到。

「行くぞ！」と沛浪。

尾到たちが魏軍兵士を止めてくれたわずかな時間に、羌瘣は一息ついた。

かすかにながら、身体に力が戻る。

羌瘣は剣を握り直し、構えた。

「しんがりは任せろ。全員、生きて山頂にたどり着くぞ」

深く深く、息を吸う。蚩尤の呼吸は使えなくとも、まだ戦える。

——私は、死ねない。

×　　×　　×

縛虎申隊が目指す第一の丘の頂上。

宮元《きゆうげん》の本陣は、にわかに騒がしくなっていた。

中腹の森を抜けた秦軍騎馬隊が迫っているとの報告が、伝令からもたらされたからだ。

騎馬の数はそれほど多くないが、先陣を切っている将は、特徴からして千人将。侮《あなど》れる相手ではない。

確実に千人将を仕留めるべく、宮元は副官に将の一人を呼ばせた。

背に立派な弓を背負った男が、すぐさま馳《は》せ参じる。

「黄離弦《こうりげん》」

宮元が男の名を呼んだ。それだけで宮元の意思は伝わったようだ。

「お任せを」

宮元のそばから黄離弦が離れ、配下に命じる。

「黄離弦弓隊、出るぞ！　やってくる騎馬隊を殲滅《せんめつ》する！」

命令に従い、弓兵たちが本陣の外にずらりと並び、弓を準備した。

騎馬隊の音が迫る斜面に向け、弓兵たちが矢をつがえて弓を構える。

弓兵の列の中央、黄離弦の視線の先。小さく騎馬隊が見えた。

まもなく弓の射程に入る。

黄離弦は矢筒から矢を取り、弦《つる》につがえて弓を引き絞った。

×　×　×

縛虎申騎馬隊が丘の頂上を目指し、岩の転がる斜面を駆け上る。
丘の上、はためく魏の旗。本陣を囲む陣幕が、信の視界に入る。
「本陣が見えたぞ！」
声を弾ませた信の隣を走る騎馬から、騎兵がいきなり落馬した。
その瞬間、信は確実に見た。その騎兵に、数本の矢が刺さっていたのを。
目指す先、丘の稜線《りょうせん》に弓兵隊が横一列に並び、弓を構えているのが見えてくる。
縛虎申の指示が飛ぶ。
「弓隊がいるぞッ、散れ！」
迅速《じんそく》に騎馬隊が散開する。直後、ひゅうんと風の音を纏《まと》って無数の矢が降り注いだ。
次々と飛んでくる矢を、信はすんでのところで剣で切り払う。
一騎、また一騎と矢を受けた騎兵が落馬し、斜面を転がり落ちていく。
信の隣で馬を駆る縛虎申の鎧《よろい》にも、次々と矢が刺さる。
鎧で止まった矢もあれば、鎧を抜けて身体に刺さった矢もありそうだ。
それでも縛虎申の勢いは落ちない。

「矢ごときに怯《ひる》むな！　頂上はすぐそこだ！」

鼓舞する縛虎申の胸に、ドシュッと音を立てて深々と矢が突き立った。

誰が射た、と信が視線を矢が飛来したほうに向ける。

他の弓兵とは違う強弓《ごうきゅう》を構えた男がいた。

「将を仕留めた！」

その男が声高らかに宣言し、周りの弓兵が喜びに沸く。

「黄離弦様が敵の将を！」「我々の勝利だ！」

その男、黄離弦が魏軍弓隊の将だと信にはわかった。

信はすぐさま馬を縛虎申の馬に寄せる。

「大丈夫か！」

「ここで倒れるわけにはいかぬっ」

胸から血を流し、顔を青ざめさせながらも、縛虎申が馬を操る。

縛虎申の負った深手が致命傷なのは明らかだ。

だが落馬していない以上、縛虎申を射貫《いぬ》いて落とす手柄《てがら》は残っている。

魏軍弓兵が我こそはと次々に縛虎申に矢を放つ。幾本かが鎧に刺さるが、浅い。

しぶとく耐える縛虎申に向け、黄離弦が再び弓に矢をつがえ、放つ。

「これで終わりだ」

びゅおっと風を巻いて黄離弦の矢が迫る。

「ッ!!」

黄離弦の矢が縛虎申を捉《とら》えるその瞬間、信の剣が矢を斬り落とした。

「馬鹿な！　俺の矢が見えたのか？」

三度《みたび》、黄離弦が矢を放つ。今度の矢は信を狙っていた。

信が再び、矢を剣で斬り飛ばす。

「!?」

黄離弦が驚愕《きょうがく》の表情で一瞬、硬直した。その隙を信は見逃さない。

「はあッ!!」

馬にいっそう気合いを叩き込み、一気に速度を上げさせる。

ハッとした黄離弦が再び矢を弓につがえようとするが、遅い。

斜面を登り切った信の馬が、黄離弦の正面に躍り出る。

「るあああッ!!」

馬上から一閃《いっせん》。信の剣が黄離弦の上半身を深々と斬り裂いた。

悲鳴を上げる間もなく、倒れる黄離弦。確実に絶命している。

「黄離弦様がッ！」

うろたえる魏軍弓兵たちの前に、斜面を登り切った縛虎申と生き残りの騎馬隊が現れる。

距離的優位を失った弓兵たちなど、騎兵の敵ではない。

縛虎申の騎兵が魏軍弓兵たちを蹴散らし、本陣を囲む陣幕を破って突入する。

魏の旗が幾本も翻る本陣は、騎馬が暴れられるくらいには広かった。

陣幕に囲まれた奥側に戦略図を広げた軍議用の盤がある。

盤の向こう、床几に腰掛けた将の姿があった。

魏軍副将、宮元である。

宮元の周囲には数人の将。さらにその周囲に、近衛《このえ》の兵士隊。

近衛の兵士が一斉に動いた。縛虎申騎馬隊と乱戦になる。

馬上の信を狙い、何本もの槍が突き出される。

信は一本の槍を剣で弾き、もう一本をのけぞってかわしたが、続く一本が避けきれない。

剣を持たないほうの腕で、信はどうにか槍を押しのけた。

だがその反動で姿勢を崩し、ついには信も落馬する。

「ッ！」

ここぞとばかりに殺到する魏軍兵士の剣と槍を信は弾き、逆に斬り返す。

馬上の有利は失ったが、敵味方が完全に入り乱れたこの状況ならば、信自身の身体能力が最大限に発揮できる。

右に左にと信が攻防一体の剣を振るい、魏軍兵士の囲みを切り崩す。

敵本陣だけあって、依然、数は魏軍兵士のほうが圧倒的に多い。

だが信の働きもあり、勢いは秦軍縛虎申隊にある。

満身創痍《まんしんそうい》の縛虎申が足を引きずって、それでも敵将、宮元に向かう。

縛虎申の鎧には無数の矢が刺さり、黄離弦の放った一本が深々と胸に突き立ったままだ。

黄離弦から受けた矢は致命傷だ。それでも今、縛虎申は倒れるわけにはいかない。

縛虎申隊が平地を突破するために、魏の大軍に対して盾となった多くの騎兵。

宮元の本陣を目指すために、守備隊の足止めをさせるため置き去りにした歩兵たち。

縛虎申は、死していった全ての兵士たちを背負っている。本懐を遂《と》げぬまま、死ぬことなどできはしないのだ。

鬼気迫る表情の縛虎申が、一歩、また一歩と怨敵《おんてき》宮元へとにじり寄る。

一振りでも剣を受ければ倒れ伏すだろう縛虎申に、魏軍兵士たちは斬りかかれないでいる。

宮元の副官が、焦《あせ》りを隠さずに叫ぶ。

「宮元様、退避を！」

敵将、宮元がいつの間にか剣を抜き、立ち上がっていた。

「狼狽《うろた》えるな、運だけでたどり着いた輩《やから》だ」

宮元まで、あと数歩。縛虎申が声を絞り出す。

「運ではない。死んだ仲間たちが作ってくれた橋を渡り、俺は、ここまで来た」

信は戦いながらも、その縛虎申の姿から目が離せないでいる。

宮元が無造作に、縛虎申へと歩み寄る。

縛虎申の膝が揺れ、ついには立っていられずに宮元の前に片膝をついた。

軽く押すだけで倒れてしまいそうな縛虎申を、宮元が侮蔑《ぶべつ》の色を浮かべた目で見下ろす。

「愚かだな。私を討てなければ、それはすべて犬死にだ」

「……」

縛虎申はもはや、虚《うつ》ろな目で宮元を睨《にら》みつけているだけだ。

嘲りの笑みを浮かべた宮元が身をかがめ、縛虎申の腹に下から剣を刺す。縛虎申の背から剣先が突き抜ける。

縛虎申の敗北。

誰の目にもそう映る将と将の一騎打ちの結果に、信は思わず叫ぶ。

「千人将！」

即座に信は縛虎申のもとに駆け寄ろうとしたが、魏軍の兵士に囲まれて信にそれをさせなかった。

「もはや目も見えぬわしに近づくとは、お前こそ愚かだな……」

縛虎申が片手で宮元にしがみついた。

なに、と宮元が初めて焦る。

その宮元の首に、縛虎申が短剣を突き刺した。真横から刺さった刃《やいば》が首の逆側に突き抜け、宮元の目から瞬時にして光が失われた。

「魏副将、宮元！　討ち取ったッ!!　ああああああッ!!」

縛虎申が吠《ほ》え、びくりと宮元の身が震えた。

一瞬、本陣内の全てが止まり、静まり返る。

絶命した宮元と瀕死の縛虎申が、もろともに倒れ伏す。

「宮元様がッ!?」

うろたえる宮元の副官に、縛虎申隊の兵士が斬りかかる。

一瞬で宮元の副官が討ち取られた。目《ま》の当たりにした将の一人が、怒鳴るように命じる。

「引け！　引けえ！　撤退だッ!!」

一気に魏軍兵士たちに動揺が広がり、ちりぢりになって敗走を始める。

縛虎申の執念がもたらした、勝利だ。

一騎打ちの真の結末に、信は言葉を失い立ち尽くす。

信の目には、驚きと憧《あこが》れの色が浮かんでいた。

×　　×　　×

秦軍第四軍、第三軍の混成騎馬隊と魏軍の戦いは、依然として秦軍が劣勢のままだった。

宮元本陣のある第一の丘のふもと寸前で、壁《へき》と尚鹿《しょうかく》は奮戦を続けているが、騎馬の数は、確実に減っていた。

魏軍兵士も相応に減らしているはずだ。しかし元の数が違いすぎ、減っているようには感じられず、疲労と絶望感で、秦軍騎兵の戦意は失われつつあった。

「……ここまで、か」

壁が全滅を覚悟しかけた、その時だった。尚鹿が丘の上を指さし、声を上げた。

「壁、見ろ！　丘の上に、秦の旗がッ！」

壁が尚鹿の指の先へと視線を投じる。

魏の旗があったそこには今、確かに秦の旗が翻っていた。

「皆の者、見よ！　縛虎申隊が丘を奪ったぞッ！」

壁は全身全霊で声高らかに、縛虎申隊の勝利を宣言した。

「「おおおおおおおッ!!」」

秦軍騎兵たちが雄叫《おたけ》びを上げ、戦意を取り戻す。

「本陣が、落ちただと!?」「指示はどうなっている!?」

「このまま麃公《ひょうこう》の本陣を目指していいのか!?」

一方、魏軍には動揺が広がり始めた。

秦軍全軍の奮戦は終わらない。むしろここからが正念場《しょうねんば》である。

× × ×

「手伝え、貴様も」

縛虎申隊兵士に命じられ、信は、秦の旗の掲揚に手を貸した。

本陣で奪った旗竿《はたざお》に、兵士の一人が運んだ秦の旗をつけ、平地のどこからでも見えるよう、掲揚台に旗竿をくくりつける。

風を受けてはためく秦の旗。この旗には、宮元の本陣を落とすために死んでいった全ての秦軍兵士の命と、今まさに死に瀕している縛虎申の意地が宿っている。

信には、支えた旗竿が見た目以上に重く感じられた。

秦の旗が揚《あ》がった周囲にはもう、魏軍兵士の姿はない。

縛虎申隊騎馬隊も、本陣での乱戦で多くの馬を失い、兵士にも犠牲が出た。

宮元の屍体から離され、仰向けに寝かされた瀕死《ひんし》の縛虎申の周囲に、生き残った縛虎申隊兵士と副官が集まっている。

副官が縛虎申の頭の横に跪《ひざまず》き、告げる。

「宮元の丘に、我らの旗が立ちましたぞ。あなたの武勇が切り開いたのです、縛虎申様」

「……」

無言の縛虎申。副官がさらに進言する。

「しかし、中腹にいた守備兵が人数を増して迫っております。その数、千はおりましょう。我らは十人とおりませぬ。無念ですが、宮元の首を持ち、一度、丘を降りましょう」

縛虎申を囲む兵士たちから少し離れた場所で、信が主張する。

「馬鹿言ってんじゃねえよ。降りたい奴は降りやがれ、俺はここで戦う」

副官が信に顔を向けた。

「なんだと、貴様」

「歩兵の分際で、口を慎《つつし》め！」

兵士の一人が信に詰め寄ったが、信は怯まない。

「縛虎申千人将は、味方全員の犠牲があったから、ここまで来れたと言った。そんな大事な場所を、千人やそこらが迫ってきたところで、簡単に手放せるかってんだ！」

死相の濃い縛虎申の口元に、笑みが浮かぶ。

絞り出すように縛虎申が問う。

「ふふ、小僧、名は？」

「……信」

やはりもう目が見えていないのか、縛虎申が視線を宙にさまよわせたまま諭《さと》すように語る。

「いいか、信、勇猛と無謀は違う。そこをはき違えるとなにも残さず、早く死ぬ。これで戦局が変わる、皆と共に丘を下れ……」

縛虎申の声が徐々に小さくなっていく。

「死んだ者たちの分も、貴様が……前に、進むんだ……勝利、を……」

そこで縛虎申の声が絶えた。息を引き取ったのだ。

「縛虎申様！」

副官が深く頭《こうべ》を垂れ、部下たちが言葉を失い、慟哭《どうこく》する。

信は、縛虎申が残した言葉を噛みしめた。

前に、進め。勝利を。

——ああ、そうだった。

——こんなところで、俺は死ねない。

秦の旗をはためかせる風の音だけが残る。

じゃりじゃりと複数の人間が砂利を踏む音が聞こえ、信や兵士たちが振り返った。

傷だらけの歩兵たちが、そこにいた。

騎馬隊が置き去りにしてきた、第四軍歩兵の生き残りだ。

澤圭たち伍の仲間と沛浪、その他の歩兵数人。脚を傷《いた》めたらしい尾平が、澤圭に肩を借りている。羌瘣は疲れた顔をしているが、大きな負傷はなさそうだ。

歩兵たちはどうにか守備隊の追撃を振り切ったようだ。

尾平の顔が、パッと明るくなる。

「信！」

「お前ら！　生きてたか！」

信は伍の仲間へと駆け寄った。近くで見ると、誰もが満身創痍だった。

澤圭が、やり遂《と》げたような顔で信に言う。

「羌瘣さんのおかげです。私たちのためにしんがりを、ぼろぼろになってしんがりをつとめてくれたから」

歩兵の中で誰よりも疲弊《ひへい》の色が濃い羌瘣を、信はじっと見た。

「ありがとうな、羌瘣」

信は笑いかけたが、羌瘣は厳しい顔のままだ。

「……敵が、登ってくる」

再編された守備隊が千人規模で丘の中腹を進軍中なのは、縛虎申隊でも把握していた。

縛虎申の残した言葉で意を決した副官が、今後の行動を告げる。

「宮元の首を持って、敵のいない裏側から丘を降りる」

守備隊がやってくるのは、平地側の斜面だ。

丘の反対側にある平地の先、第二の丘に魏軍総大将呉慶《ごけい》の本陣がある。

だが、平地に魏軍が展開しているという情報は、まだない。

逃げるならば、そちら側ということだ。

「縛虎申千人将は？」と信。

「もちろん、お連れする」と副官。

縛虎申隊の兵士が縛虎申の遺体を運ぶべく、抱き起こす。

「敵の中に置いていけるか」

信はすぐさま、兵士を手伝いに行った。

「ああ、俺も手を貸すぜ」

「いや。お前は先に裏の道を探せ」

促《うなが》され、信は縛虎申の遺体を兵士たちに任せ、丘の裏側で降りられるところを探しに行く。

信に続き、縛虎申隊と羌瘣たち歩兵も丘の裏側斜面に向かう。

信が本陣奥の陣幕をまくり上げた。目に飛び込んできた光景に、誰もが足を止める。

丘のふもと、平地に翻る魏の旗の数々。

整然と陣形を組んで並ぶ歩兵隊、騎馬隊、戦車隊。

その規模は、宮元の第三大隊よりも大きく見えた。

「宮元の部隊の倍はいるぞ……」

と縛虎申隊の兵士。

「馬鹿な……こんな大軍、いったい、どこから」

副官が呆然と呟く。

羌瘣が、スッと指を立てた手を前に差し出した。

「あっちの、丘の上」

皆が羌瘣の指し示したほうを見やる。

第二の丘の上。呉慶の本陣があった場所に、魏の旗はない。呉慶軍はすでに本陣を引き払っているようだ。

副官が驚愕に目を見開いた。

「魏の本陣があったはずの丘に、誰もいない……だと……」

意味することは、一つしかない。それを信が口に出す。

「じゃあ。敵の総大将が、動き出したってことか？」

尾平の顔に、絶望の色がありありと浮かんだ。

「くそ……せっかく丘の上までたどり着いたのに、挟み撃ちで殺される……」

殺される、という言葉で信は思い出す。

呉慶がかつて、攻め落とした城で女子供を含む兵士以外の民《たみ》まで、全て虐殺したと壁から聞かされたことを。

信は、平地に展開した魏軍の中央に、一際《ひときわ》目立つ旗を見つけ、数歩、前に出た。

遠目でも、魏火龍《ぎかりゅう》の文字が見て取れる。

「魏火龍の呉慶……」

この戦場で必ず倒すべき、敵総大将の名を信は呟いた。

第五章
集う大将軍

秦《しん》の王都、咸陽宮《かんようきゆう》。

魏《ぎ》との戦争が始まって以来の連日、大王の間には嬴政《えいせい》と重臣たちが集《つど》っている。

文官たちの列の末席に、河了貂《かりようてん》もいることを許されていた。

伝わってくる蛇甘《だかん》平原の戦況は、開戦から変わらず芳《かんば》しくない。歩兵隊がほぼ壊滅しても、未《いま》だ魏軍を蛇甘平原に押し止《とど》めている秦軍は、よく持ちこたえているとさえ言えた。

苦しい秦軍の戦局を好転させるには、どうすればいいのか。

昌文君《しようぶんくん》をはじめとする文官たちが繰り返し議論しているが、妙案は出てこない。今も、もたらされた最新の情報をもとに皆で知恵を絞っているが、大王の間には重い空気が漂うのみだ。

文官たちが小声で会話する。

「敵将、呉慶《ごけい》の軍略は百通り以上あると言われている」

「この咸陽にも、それを網羅《もうら》する軍師がいれば、このような犠牲を払うことはなかった」

「我が国の総司令、昌平君《しようへいくん》は呂不韋《りよふい》丞相《じようしよう》と遠征中か」

昌平君。嬴政たち大王派閥《はばつ》と敵対している丞相、呂不韋の腹心、呂氏四柱の一人だ。

秦随一《ずいいち》と誰もに評される軍師である。昌平君が此度《こたび》の蛇甘平原の戦いに軍師として参加していれば、今の戦況にはなっていなかっただろう。

だが昌平君は、大王嬴政とは敵対する勢力に属している。今、咸陽にいたとしても、力を借りることは難しかったはずである。

軍師、という単語が出た時、河了貂がぴくりとわずかに身じろぎした。

「……」

黙ってなにかを考えている河了貂。

その時。大王の間に伝令が一人、駆け込んできた。伝令は昌文君へと向かい、昌文君にのみ聞こえるよう、耳打ちする。

昌文君の表情が変わった。緊張と困惑《こんわく》、わずかな希望が混ざった微妙な表情だ。

「なんだと……？」

玉座《ぎょくざ》の上から、嬴政が問う。

「どうした、昌文君？」

昌文君が嬴政に礼をし、告げる。

「我々が知らないところで、ある一軍が、蛇甘平原に向かったという報告が」

ざわめく文官たち。今さら誰が、という声が漏《も》れ聞こえる。

嬴政が冷静に、昌文君に問いを重ねる。

「誰だ？」

「戦《いくさ》からは、長らく遠ざかっていた男です……」

どこかためらいがちに、昌文君。聞いた情報が信じられないという顔だ。

嬴政の顔にも疑問が浮かぶ。

「まさか……」

一軍を任されながらも、戦から離れた将。秦には該当《がいとう》する男が、一人だけ存在する。
昌平君にならば、軍略で蛇甘平原の現状を打開する可能性があるように。
その男には、類《たぐ》い希《まれ》なる武を以《もっ》て、いかなる戦場の不利をも覆《くつがえ》す絶対的な力がある。
名を、王騎《おうき》。
今は廃された、秦の六大将軍の一人だ。
秦の怪鳥という異名で中華に恐れられ、畏《おそ》れられた、大将軍である。

×　　×　　×

蛇甘平原の第一の丘の手前。秦軍騎馬隊と、魏軍の激戦は続いていた。
第一の丘の頂上、宮元《きゅうげん》の本陣が落ち、魏軍の指揮系統はかなり乱れている。
丘の上に秦の旗が立ったため、秦軍騎馬隊の戦意は高い。
だが魏軍の戦意もまだ失われていなかった。
魏軍の将が、丘の手前に部隊を集める。
「まだ数は圧倒的にこちらが多い！　敵を寄せつけるな！　丘を奪い返すぞ！」
おお、と魏軍兵士が一丸となって声を上げる。

「敵の士気が下がらない……」

馬上の壁《へき》の顔も、疲労の色が濃くなっていた。

すぐ近くで騎馬を操っている尚鹿《しょうかく》が、焦《あせ》りの声を上げる。

「駄目だ、丘に届かない！　このままだと全滅するぞ、壁！」

秦軍騎馬隊は奮戦している。だがそれでも、魏軍の囲みを突破できない。

時間が過ぎると共にすり潰《つぶ》されるのは、このままでは秦軍騎馬隊のほうだった。

壁と尚鹿たち騎馬隊が全滅すれば、縛虎申《ばっこしん》隊が決死の覚悟で奪った丘が、すぐ魏軍に奪還されてしまうだろう。

そうなれば覆りかけた戦局が魏軍の圧倒的有利に戻り、秦軍の敗北が現実味を帯びる。

打つ手はないのか、と壁は考える。

――なにか、再びきっかけさえあれば。

壁が魏軍兵士の攻撃を剣で受けつつ、周囲を見回した時だ。

遠くで、魏軍の旗が吹っ飛ぶのが見えた。

続く悲鳴、地鳴りに似た轟《とどろ》き。

魏軍兵士たちの悲鳴は途切れることなく、さらに轟きが勢いを増していく。

まだ壁たちには見えないが、騎馬隊が魏軍の端から突撃し、そのまま壁たちのいる戦場へとやってくるようだ。

魏軍の陣形を押し破る騎馬隊の姿を、壁は遠目に見た。

騎馬隊の中で翻《ひるがえ》る旗の文字は『秦』と『王』。

巨軀《きょく》の将の騎馬が先陣を切り、通常の倍はある巨大な矛《ほこ》を振り回し、魏軍兵士を薙《な》ぎ払う。

魏軍兵士はされるがままで、まったく歯が立たない。

壁の目が驚愕《きょうがく》に見開かれる。

「なぜ、ここに……!!」

元六大将軍、王騎とその配下。王騎軍騎馬隊、騎馬の数は約五百。

副官の騰《とう》をはじめとし、騎兵は皆、一騎当千の精鋭揃《ぞろ》いだ。

王騎軍騎馬隊は、壁と尚鹿の騎馬隊があれほど苦戦した魏軍の兵士を物ともせずに蹴散らす。

数の差など、なにも問題ない。

王騎軍の進行方向にいるだけで、敵は天運が尽きたも同然だ。

王騎の矛が唸《うな》るたびに魏軍兵士が吹き飛び、騰の剣が風を切るたびに魏軍兵士の首が飛ぶ。

壁と尚鹿には声もかけず、王騎とその騎馬隊が魏軍を食い破り、一気に平地を駆け抜ける。

そのままの勢いで、王騎軍が丘を登っていく。

平地からでも、王騎軍が丘のふもとで迎え撃とうとした魏軍守備隊を蹴散らすのが見えた。

丘の守備隊では、絶対に王騎軍を食い止めることはできないだろう。

それほどに、王騎とその騎馬隊の力は、圧倒的だった。

魏軍兵士の誰かが、呆然と呟《つぶや》く。

「丘は、もう駄目だ……奪い返せるものか」

丘の上に秦の旗が立った時よりも激しい動揺が、魏軍に広がる。

魏軍兵士たちが続々と戦意を失い、ついには潰走《かいそう》を始めた。

×　　×　　×

宮元の丘を制圧した縛虎申隊と第四軍歩兵隊の生き残りは、丘向こうの平地に展開した呉慶軍本隊を見下ろし、動けないでいた。

丘を降りれば呉慶軍本隊と、このまま丘の上にいれば丘の奪還を目指す魏軍守備隊と戦闘になる。どちらを選んでも、全滅は必至だ。

背後、平地側の斜面から地鳴りのような音が迫ってきた。大軍が押し寄せてくるようだ。

信《しん》が真っ先に覚悟を決める。

「とにかく、敵の少ない方に逃げるしかねえッ！」

「おや、もうお帰りですか」

そのからかうような声が、信の頭上に降ってきた。

身近に感じる威圧感、馬の息づかい。信が振り返って仰ぎ見ると、綺麗に顎鬚《あごひげ》を整えた顔に、うっすらと笑みを浮かべている巨軀の男と目が合った。

騎馬も大きければ、騎乗している男も大きい。

金属の鎧《よろい》越しでも、胸の筋肉の分厚さを感じさせる。露出している首も腕も、並の剣では傷さえつけられそうもなく見えるほどに、鍛え上げられている。

その男が、楽しげに言う。

「んふふ。せっかく、面白くなってきたんですけどねえ」

「!?」

驚きのあまりに声も出ない信は、その男を知っていた。王弟成蟜《おうていせいきょう》の反乱の際に一度だけ会ったことがある。だが、この戦場に現れるとは聞いていないし、想像もしなかった。

元六大将軍、王騎。間違いなく中華最強の武将の一人である。

「王騎将軍!!」

と、縛虎申隊の副官。その声で、縛虎申隊が一斉に礼の姿勢を取る。

そこに、王騎に少し遅れて騎馬隊が山頂に到着した。

王騎の騎馬隊が、千人規模の魏軍守備隊を蹴散らしてきたということだ。

尾平《びへい》と尾到《びとう》が、あやうく尻餅《しりもち》をつきそうになるほどに脱力する。

「援軍だ……」

「助かった……」

澤圭《たくけい》たち他の歩兵は緊張しているが、それでも騎馬隊の到着に安堵《あんど》しているようだ。

羌瘣《きょうかい》は品定めをするように、王騎をそれとなく見ているのみ。

馬上から王騎が信に語りかける。

「童《わらべ》信、またお会いしましたね。あなた、遠目に見ていてもなかなか目立っていましたよ」

王騎はこの丘に来る前に、どこかで戦場全体を観察していたようだ。

活躍を褒《ほ》められたように感じ、信は悪い気がしない。少し得意げに返す。

「……恐れ入ったか」

やれやれ、と王騎がやや呆《あき》れ顔になる。

「ですが、天下の大将軍になるというのなら話は別です。はっきり言って期待外れもいいところです」

カッと信が顔に怒りを表し、怒鳴り返す。

「期待外れ⁉」

信の剣幕など涼風も同然というように、にこやかに王騎が返す。

「その通り」

「俺が弱いっていうのか！」

信が背中の鞘《さや》に納めていた剣の柄《つか》に手をかける。

王騎が余裕たっぷりに、子供に言い聞かせるように告げる。

「その辺ですよ。勢いが先行していると言いますか。わかってますか？　あなた、さっきからずっと死地に立ってるんですよ」

「⁉」

いつの間にか、信の首筋には王騎の矛の刃《やいば》が添えられていた。

王騎がその気ならば、信の首など斬り飛ばされていた。

それも、信自身が気づくことさえできずに。

普段は表情をほとんど変えない羌瘣が、驚きに目を丸くしている。

羌瘣は物心つく前から息をするように人が殺せるよう殺人の技を叩き込まれている。

それだけに、羌瘣には王騎の技の凄《すご》さがわかったようだ。

おそらくこの場で、王騎の実力を完全ではなくとも理解できたのは、羌瘣だけだろう。

信はなにが起きたかわからずに、とっさに王騎から離れた。

離れた信と王騎の間に、縛虎申隊の副官が割って入り、膝《ひざ》をつき改めて礼をする。

「歩兵の無礼をお許しください、王騎将軍！」

「……」

王騎は無言。うっすらと笑みを浮かべたまま、縛虎申隊の副官を見下ろしている。

縛虎申隊の副官がいっそう頭を下げる。

「この戦況の中、将軍が到着されたことはわが軍の天祐《てんゆう》！　是非、我らを含め第四軍を率いてください！」

「嫌です」

一瞬たりとも考えず、王騎が即断した。王騎がつまらないものを見るような目を縛虎申隊の副官に向け、告げる。

「我々は、参戦の許可を得ていません。勝手に参加したら怒られてしまいますよ？　私はただ、この丘からの眺めが良さそうだから、登ってきただけです。ねえ、騰」

王騎が隣の騎馬に騎乗している副官の騰に話を振った。

「は。最高の眺めであります」

どこか楽しげに答えた騰は、主《あるじ》の王騎ではなく、丘下の平地へと目を向けている。

平地には魏軍の大将軍、呉慶の本隊が陣を展開している。整然と部隊が並び、魏の旗が無数に翻る光景は、荘厳《そうごん》ささえ感じさせた。

「御覧なさい。この戦の大局が、動く瞬間です」

と王騎。信は魏火龍《ぎかりゅう》の旗の下にいる呉慶へと目を向けた。

王騎が呉慶について語る。

「変化の機微《きび》を察し、用心深く大胆に動く。魏将、呉慶は間違いなく列国の脅威《きょうい》となる名将ですよ。知略に関して言えば、魏随一と言える」

しかし、と挟んで王騎が続ける。

「戦場は、知略が全てではありません。時には、野生の直感で動く、本能が優ることもあります」

「……本能？」

と信。王騎の口元に浮かぶ笑みが深くなる。

「童信。私と一つ、賭けをしませんか。知略が勝つのか、本能が勝つのか。これは武将の中の永遠の題目です」

知略の武将、本能の武将と言われても、今の信にはよくわからなかった。

「なに言ってんだよ……」

わからないのに賭けにはならないだろ、と信。

王騎が楽しげに「ほら」と信に注視を促《うなが》す。

「本能で動く将軍が、知略の呉慶にぶつかろうとしていますよ」

王騎が矛で指し示した先。呉慶軍の陣形の端に、土煙を上げて騎馬隊が突っ込んでいく。

騎馬の数はおそらく五千ほど。騎馬隊としてはかなりの大規模だ。

だが、兵士の数が総勢で五万を余裕で超えるだろう呉慶軍本隊に突撃をかけるのは、五千騎であっても無謀としか言いようがなかった。

「あれが、麃公《ひょうこう》です」

突撃の先陣を行く騎馬を王騎の矛が示した。

信が目をこらして麃公に注目する。

「いつの間に……あれがうちの総大将、麃公将軍……!!」

遠目でも、麃公の振るう矛が敵歩兵を数人まとめて吹っ飛ばしているのがわかった。

麃公の騎馬隊は配下も手練《てだ》れ揃いらしい。行く手を阻《はば》もうとする魏軍兵士をものともせずに蹴散らし、先陣を切る麃公に遅れることなく馬を走らせている。

見る間に、呉慶軍本隊の歩兵隊の陣形が崩れていく。

麃公軍の進撃の苛烈《かれつ》さに、信は感嘆《かんたん》の声を上げる。

「つ、強《つえ》えッ！」

王騎が視線を麃公の騎馬隊から、呉慶軍の中央に向けた。そこには魏火龍の旗がある。

「さて。呉慶は、どう出ますか」

×　　×　　×

第一の丘と第二の丘の間、平地に陣形を構えた呉慶軍本隊、その中央。

魏火龍の旗の下。呉慶のもとに、異変が伝えられる。

戦場全体を見渡せるように組み上げられた高い見張り台の上で、兵士が叫ぶ。

「麃公の騎馬隊です！　第一大隊が、突破されております！」

見張りの兵士の大声に対し、呉慶も、その周囲にいる将にも焦《あせ》りはない。

たかが騎馬隊である。騎馬がいかに歩兵に対して有利であっても、呉慶軍には歩兵しかいないわけではない。騎馬隊への対抗策は当然ある。

呉慶が冷静に、そばの副官に命じる。

「すり潰せ」

その一言で次に取るべき行動を理解した副官が、さらに近くの将たちに命じる。

「重装歩兵の防御陣を解除、歩兵を退避させろ！　麃公の騎馬隊両側後方から、戦車隊を送り込め！　戦車で騎馬隊を挟撃、奴らの勢いをそぎ落とせ！」

「はッ!!」

副官の命令で、将たちが迅速《じんそく》に行動を始める。その動きに淀《よど》みはない。

大将軍呉慶を頭脳とし、将たちが神経となり、軍が手足のように働く。

軍全体が一体の生き物のように動く。極めて正しい軍の理想型の一つが、呉慶軍だ。

ただし。正しければ常に勝つと限らないのが、戦の常である。

×　　×　　×

呉慶軍本隊外縁の重装歩兵部隊の陣に突撃中の麃公軍騎馬隊の後方左右から、騎馬とは異なる土煙が急速に接近する。

馬の蹄《ひづめ》と車輪が立てる音もまた、騎馬隊とは異なる。

昨日、秦軍歩兵に殺戮《さつりく》と蹂躙《じゅうりん》の限りを尽くした、魏軍戦車隊だ。

麃公軍騎馬隊に近い魏軍兵士たちが一斉に退避し、戦車のために道を開けた。

隊列が縦《たて》に長く伸びた麃公軍騎馬隊の後端に、左右から戦車の大軍が襲いかかる。

戦車隊の挟撃を受ける形になった麃公軍の騎馬に、逃げ場はない。

外から接近する戦車を避けようと内側に動けば騎馬同士がぶつかって騎兵が落馬し、最悪、騎馬ごと転倒する。

騎馬に速度を上げさせて戦車を振り切ろうとすれば、前の騎馬に突っ込む形となり、やはり落馬、転倒の恐れが高い。

逃げようのない騎馬が為《な》す術《すべ》もなく、魏軍戦車隊に削られる。戦車の車輪の中心にある長い刃が騎馬の脚や胴を抉《えぐ》り、騎兵もろともに騎馬がもんどりをうって荒れ地に倒れる。

麃公軍騎馬隊は、後ろのほうから次々と騎馬ごと騎兵が脱落し始めた。

信が思わず声を上げる。

「ああっ、将軍の後ろの騎馬隊がやられてるッ！」

ふむ、と王騎が納得顔になる。

「さすがは、呉慶。奇襲を受ける形となりましたが、対応が早い上に的確です。猛牛を仕留めるのに、いきなり頭を狙う必要はありませんからねえ」

主の意見に、副官の騰が同意する。

「は。まず勢いを封じるのは、鉄則です」

勢いを削《そ》ぐ。呉慶の狙いがそれならば、戦車隊の動きは極めて的確だ。

「本当だ。麃公将軍たちの勢いが、弱まった。やっぱり突撃は無茶だったのか⁉」

信が疑問を口にした。

王騎が意図してだろう、この戦においての麃公の動きをわかりやすく信に説明する。

「確かに麃公は、これまで無謀と言えるほど、無茶な軍の動かし方をしていました。ですが、その結果、宮元は討たれ、呉慶は有利な丘を降り、麃公と相対《あいたい》することとなった」

つまり、と挟んで王騎が続ける。

「無駄死にに見えた戦いも、麃公風に言えば、全て勝利のための尊い犠牲だったわけです」

王騎の説明の一つ一つに、信は納得できた。

宮元を討った縛虎申の死も、縛虎申に宮元を討たせるために散っていた縛虎申隊兵士の死も、信は己の目で見て、今、ここに立っている。

「……それって、じゃあ」

「んっふっふっふっ。わかってきましたか、童信。これまでの犠牲も含め、今ここにある状況は、全てあの二人の総大将が勝つために描き出したもの」

敵味方合わせて十万を優に超える兵士が集《つど》った戦場を支配しているのは、ただ、二人の将。

知略の将、呉慶。

本能の将、麃公。

互いに信念は違えども、全ては戦に勝利するために。

「たった二人が、こんなでっけえ戦を……」

身震いする信に、王騎が断言する。

「童信。それが、将軍というものです」

信が目指すもの。それは、天下の大将軍。

信もいつかは、己の意志で戦場を支配するまでに至らなければならない。

そして信の目の前にいるのは、いくつもの戦場を支配してきた大将軍、王騎だ。

その王騎の姿が、信には本来の大きさ以上に、巨大に見えた。

王騎の指先一つで吹っ飛ばされそうな錯覚にさえ陥《おちい》る。圧迫感で息が詰まるほどだ。

ふと信は気がついた。自分が誰と、何者と、会話をしていたのか。

「将軍……天下の大将軍……!!」

自然と、信の口から続く言葉が出る。

「王騎将軍。俺に、馬を貸してくれ……ください」

王騎が極めて短く口を閉ざした。一瞬だけ、なにかを考えたようだ。

「……騰」

王騎が傍《かたわ》らの副官の名だけを口に出す。

「は」

と一言のみ騰が返し、手振りで部下に指示を出した。近くにいた騎兵が下馬し、乗っていた馬の手綱《たづな》を信に渡す。

「ありがとう」

信は緊張した顔で手綱を受け取り、すぐに馬にまたがった。

王騎の別の部下が、信に槍《やり》を差し出した。

槍を受け取った信に、「おい」と羌瘣がどこか不安げな顔で声をかけた。

にっと信は笑ってみせる。

「あとでな！　ハッ！」

馬の腹を蹴り、信が丘の裏手の斜面へと馬を走らせる。

見事な手綱さばきを見せる信の騎馬が、急斜面をものともせずに駆け下りていった。

単騎で戦場に飛び込んでいく信を、王騎と騰は見送った。

騰がどこか楽しげに言う。

「ずいぶんとあの少年を気に入られましたな、殿」

王騎が呆れたように、しかしどことなく面白そうに、騰に返す。

「あの手のお馬鹿さんは、たいてい早死にしますからね」

「は。しかし、ごくまれに大化けする者も」

騰の言葉に王騎はなにも応《こた》えず、ただ、愉快そうに笑みを浮かべた。

×　　×　　×

呉慶軍陣形の中央、見張り台から戦況を観察している兵士が大声で報告する。

「戦車隊、敵騎馬隊に攻撃を継続！　麃公軍、勢い半減！　残りおよそ三千弱！」

呉慶の周囲にいる将たちが、おお、と感嘆する。

戦車隊が短時間で麃公軍騎馬の数を、約五千から三千に減じさせた。

麃公軍騎馬隊の突撃に対して戦車隊を投入した呉慶の判断が、正しかった証拠だ。

戦車隊の被害報告はない。つまり一方的に敵を削っているということである。

騎馬は戦車に対抗する術《すべ》がないまま数を減らし続け、いずれは隊列を維持できなくなる。

集団でなくなった単騎の騎馬など、歩兵で囲めば造作もなく狩れる。

詰まるところ。指示系統が健在な限り、戦いは兵士の数で決まるのだ。

全ては呉慶の読み通り。

「ほどなく麃公軍騎馬隊は壊滅し、麃公は孤立する。首を狩り、戦の幕を下ろせ！」

呉慶は次の段階の準備を進めるべく、指示を出す。

「はッ！」

呉慶配下の将たちが声を揃え、各自が取るべき最善の行動を開始する。

魏軍の誰も、自軍の勝利を信じて疑ってはいなかった——この時までは。

× × ×

信《しん》は単騎、馬を荒野に走らせる。目指すは、麃公《ひょうこう》軍を後方から削っている魏軍戦車隊だ。

——すげえ速《はえ》え、この馬!?

信は王騎《おうき》から借りた馬に感激を覚えていた。

過去に乗ったどの馬よりも速く、力強い。その上、乗り手の指示に素直に従う。

石と岩だらけの荒れ地を、信の乗った馬は飛ぶように疾駆する。

魏軍の弓兵の中には信に気づき弓を構えた者もいたが、矢をつがえた時にはもう信の馬は、弓の射程のはるか外だ。

信は一気に戦車隊へと距離を詰める。戦車など恐れるに足らない。

一台の戦車に狙いを定め、信は馬を走らせる。その後方から一台、また一台と戦車が信へと迫ってきた。

信が狙った戦車に追いつくより早く、戦車上の魏軍兵士が左右から信へと槍を振るう。

「！」

信は驚異的な反応で攻撃をかわした。だが不安定な馬上で何度も左右からの攻撃を避けるのは難しく、数度目の斬撃で姿勢を崩し、落馬寸前になった。

「くそッ！」

信は思い切って馬から跳んだ。すぐ前、狙いをつけていた戦車が走っている。後部の装甲板に槍を突き刺し、どうにか信はぶら下がった。

「おりゃあッ‼」

気合いで地面を蹴り飛ばし、一気に信は槍を突き刺した戦車の上に飛び乗る。

戦車上の兵士たちは三人。馬を操っている兵士以外の二人が、信を迎え撃つ。

「貴様ッ！」「死ねッ」

「らッ！」

即座に信は背中の剣を抜き放ち、応戦する。

魏軍兵士たちの武装は、戦車上から外を攻撃するために、どちらも槍である。

決して広いとは言えない戦車の上で、眼前にいる剣を持った信を刺すのは困難だ。

信はやすやすと槍を避け、兵士二人を瞬時にして斬り、戦車の外に吹っ飛ばす。

「しゃッ！」

残る魏軍兵士の一人も、振り返る前に信は斬り捨て、戦車の外に放り出す。

信は剣を背の鞘に納めると、自分が突き刺した槍を装甲板から抜いて手にし、周囲を見る。

王騎から借りた馬が信を見捨てず、併走してくれていた。

いける、と信は躊躇《ためら》いなく、槍を戦車の上から車輪にぶち込む。

一発でばらばらになる車輪、吹っ飛ぶ戦車。

「やべっ！」

このままでは信は戦車と運命を共にする。

信は戦車が完全に崩壊するより一瞬早く跳び、馬にしがみついた。

どうにか落馬せずに信は体勢を整え、馬を操って戦車の残骸をかわす。

信の後ろで壊れた戦車に他の戦車が突っ込み、横転した。さらに次の戦車が追突し、数台の戦車が数秒で走行不能になる。

信が戦車を破壊する様子を、騎馬隊前方にいる麃公も窺《うかが》っていたようだ。

信が戦車を破壊する様子を見ていた麃公軍の騎兵たちが、動きを変えた。

依然として何騎もの騎馬が戦車にやられ続けているが、やられるほうも、もう黙っては終わらない。

騎兵は攻撃を受けながらも戦車の車輪に剣や槍を叩き込んで破壊し、相打ちに持ち込む。

壊れた戦車に別の戦車が突っ込み、連鎖的に戦車が破壊されていく。

被害が増える速度が、騎馬よりも戦車が上回った。見る間に戦車の数が減る。

戦車の数が減るたび、麃公軍騎馬隊の速度が上がる。

騎馬隊が破壊した戦車の残骸が、信の進行方向にも吹っ飛んでくる。それを避けつつ、信は馬を前に急がせる。

すぐさま騎馬隊先頭集団に信は追いつき、先陣を切る麃公の騎馬に並びかける。

麃公の姿を信は確かめた。

一際《ひときわ》立派な馬に、王騎と同じような金属の鎧。革の装具で丸い盾をつけた左腕で馬を操り、右腕にはかなり大型の矛を持っている。

そして顔には金属製と思《おぼ》しき異様な意匠《いしょう》の仮面をつけていた。見えているのは口元だけだ。

麃公が馬を並ばせた信へと顔を向けた。仮面の奥の、麃公の目と信は視線が合う。

一瞬、信はぞくりとした。巨大な獣に睨《にら》まれたように感じたのだ。

にい、と麃公は口元に太い笑みを浮かべ、矛を高くかざした。

「このまま呉慶《ごけい》まで突破するッ!!」

「おおッ!!」

麃公軍騎兵が一斉に応じ、騎馬隊全軍に勢いが増す。

ついてこい、小僧。

麃公からそんな意思を感じ、信は麃公軍騎馬隊に加わった。

呉慶のいる陣形中央は、もうすぐだ。

重装歩兵の列による防御陣が分厚くなるが、完全に勢いづいた麃公軍騎馬隊を阻《はば》む術など、もはや、ない。

×　×　×

呉慶軍陣形中央が、にわかに騒がしくなる。

「麃公が来ます!!」

見張り台上の兵士が叫ぶ。見張り台からでなくとも、麃公軍騎馬隊の接近は感じられた。

明らかに、麃公軍が突っ込んでくる方角の兵士たちが騒がしく、無数の馬の蹄《ひづめ》による地鳴りに似た音が大きくなっていく。

呉慶の副官が、指示を飛ばす。

「慌《あわ》てるな！　全軍、臨戦態勢をとれ！　呉慶様、ここは一旦退避を！」

副官とその場の将、兵士たちまでが一斉に呉慶を見た。

呉慶は遠くに目を向けていた。

視線の先にあるのは、秦軍縛虎《ばっこ》中《しん》隊に奪われた第一の丘、その頂上だ。

秦の旗に、王の旗が加わっている。

小さく点のようにしか見えずとも、呉慶にはわかる。

異様な圧力を感じさせる存在が、丘から平地を睥睨《へいげい》していた。

「……王騎」

ぼそりと呉慶がその名を口にした。

呉慶軍の混乱は、麃公軍騎馬隊の突撃によるものだけではない。

奪われた丘の上に現れた、大将軍王騎と騎馬の群れ。

王騎軍騎馬隊がいつ戦場になだれ込んでくるのか、という恐怖が兵士たちを浮き足立たせ、麃公軍騎馬隊の迎撃にも影響が出た。

王騎出現という想定外の事態。

計算以上の麃公軍騎馬隊の強さ。

予期せぬ戦車隊の損失。

自《みずか》らの知略に狂いが生じた今、魏火龍《ぎかりゅう》とまで呼ばれた呉慶が取るべき行動は、ただ一つ。

くく、と呉慶は喉《のど》を鳴らして笑った。そしてそのまま、高笑いをする。

「ご、呉慶様っ？」

困惑《こんわく》する副官、とまどう将たち。兵士たちにも動揺が広がる。

呉慶はひとしきり笑うと真顔に戻り、呟《つぶや》く。

「これだから止《や》められぬのだ、戦は」

×　　×　　×

「シャアッ!!　ハアッ!!」

馬上で麃公が矛を振るうたび、並の歩兵よりも防御力の高い鎧と盾で身を固めた魏軍重装歩兵が、まるで藁《わら》で作られた人形のように、右に左にと吹っ飛んでいく。

麃公に続く騎兵たちもまた、強者揃いだった。麃公軍騎兵は立ちふさがろうとする重装歩兵を物ともせずに防御陣形を食い破っていく。

麃公の騎馬と並んで馬を走らせている信も、何人も魏軍兵士をここまでに斬った。

戦いながら改めて信は、麃公と麃公軍騎馬隊の凄《すご》さを感じ取った。

麃公軍騎馬隊は、激烈なまでに強い。

魏軍にはもう麃公軍騎馬隊を阻む手段がない。

麃公の矛の一振りが、数人の重装歩兵をまとめて消し飛ばした。

突如視界が広がり、麃公が馬を止め、バッと矛を持った腕を高く掲《かか》げる。

麃公の副官が後方に大声で命じる。

「全軍、停止ッ!!」

迅速に命令が後方にまで伝わり、一つの生物のように、全ての騎馬が停止した。

麃公軍騎馬隊は、呉慶軍本隊に楔《くさび》のように深く食い込んだ形になっている。

その楔の先端。信は麃公のすぐ近くにいた。

信の目の前は、広く円形に開けている。まるで闘技場のようだった。

闘技場の壁となっているのは魏軍兵士の列。

周囲にはためくのは魏の旗のみ。

魏軍兵士に包囲されているような状態だが、麃公に動揺の気配はまったくない。

仮面をつけた麃公が見据えているのは、正面にいる一騎の騎馬と鞍上《あんじょう》の男。

男は顔全体に白と朱で異様な化粧を施し、豪奢《ごうしゃ》な造りの鎧を身に纏《まと》っている。

片腕に提《さ》げた剣もまた、一般の歩兵が持つような粗末なものではなく、将軍が手にするにふさわしい立派な代物《しろもの》だ。

圧倒的な存在感を放つその男が、この場の空気を支配しているようだ。

場を囲む魏軍兵士たちも、麃公軍騎馬隊の騎兵たちも、誰も声を上げない。

信もまた黙して成り行きを見守っていた。

麃公が盾を嵌《は》めたほうの腕で己《おのれ》の仮面を外し、傍《かたわ》らに投げ捨てる。

がちゃりと、地に落ちた仮面が重い音を立てた。

素顔を晒《さら》した麃公が、にいっと笑う。

「呉慶、ようやく会えたのぉ」

信はハッとして、改めて正面の男を見た。

——この男が。魏火龍、大将軍呉慶、なのか。

呉慶が麃公を見据えたまま、周囲に命じる。

「……皆、手出しは無用だ」

無言で従う呉慶の配下たち。

ドッと呉慶の騎馬が土を蹴立てて駆け出した。一直線に麃公へと向かってくる。

麃公が待っていたと言わんばかりに、騎馬を呉慶に向け走らせる。

二頭の騎馬が土煙を上げ、互いに突撃する。

「オオッ!!」

「ハアッ!!」

麃公と呉慶の矛と剣が、ギィンと音を立てて激突した。

馬が互いに首をぶつけ合う距離で、一撃、二撃、と二人の大将軍が全身全霊で矛と剣を振るう。

信は場の空気が激変するのを感じた。

肌がびりびりとするほどの緊迫感に満ちている。

麃公が、呉慶が、全身になにか得体《えたい》の知れない強烈な力を纏っているようにさえ、信には見えた。

王騎は言っていた。

この戦場の全ては、麃公と呉慶の二人の意志だけで作られた、と。

ならば。今回の戦争に結末をつけるのも、この二人の将軍にしか、できない。

麃公は、元六大将軍の王騎に武を認められた将軍だ。

その実力は大将軍に匹敵する。

そして呉慶は、魏火龍七師《しちし》の生き残り。正真正銘、大将軍である。

「大将軍同士の、戦い……!!」

全身で感じる興奮に、信は身震いした。

魏軍兵士たちから、自然と声が上がる。

「呉慶将軍!!　呉慶将軍!!　呉慶将軍!!」

負けじと麃公軍騎馬隊からも声が上がる。

「麃公将軍!!　麃公将軍!!　麃公将軍!!」

兵士の数は圧倒的に麃公側が少ないが、士気では決して負けていない。地震の鳴動のような大音声《だいおんじよう》の中、麃公と呉慶が互いに距離を取り、再び突撃をかける。

騎馬がすれ違いざまに、麃公の矛と呉慶の剣が唸《うな》る。

バッと血がしぶいたのは、麃公の胸からだった。呉慶の剣がわずかに早かったようだ。

魏軍兵士たちから歓声が上がり、麃公軍騎馬隊に動揺が走る。

麃公の武を誰よりも知り、その強さを信じている麃公の副官が、唖然とする。

「馬鹿な……」

当の麃公に手傷を気にする素振りはない。騎馬ごと振り返った麃公の顔には、太い笑みがある。

一方、一撃を食らわした呉慶の顔にも驕《おご》りはない。

「知略を極めてきた我が、仇敵《きゅうてき》を目の前にすると、ここまで血がたぎるとは」

淡々とした呉慶の冷静な口調が一転、荒々しくなる。

「人の感情とは、ままならぬものだな！」

ほお、と面白がるように、麃公。

「冷徹な策士かと思ったが、意外と情念が深いと見える」

異様な化粧の施された呉慶の顔色は、わからない。

なにかを思考するように呉慶が沈黙し、ややあって口を開く。

「我は、お前たち秦に滅ぼされた、小国の王族」

麃公はなにも言わない。信も黙って聞いている。

呉慶が話を続ける。

「祖国と一族全てを奪った秦を、滅《めっ》するため。ただそれだけを夢見て我は魏に渡り、大将軍まで上り詰めた」

言い終わり、呉慶が口を閉ざす。まるで麃公の言葉を待つかのように。

「なるほど……それが。お前の参戦の、理由か」

今度は呉慶が言葉を返さない。ただ黙っている。

麃公が、吐き捨てるように告げる。

「小国の淘汰《とうた》は、戦国の世の常！　貴様の嘗《な》めた苦汁《くじゅう》など、そこら中に転がっておるわッ！」

呉慶が、化粧がひび割れて一部が剝《は》げるほどに表情を変え、激昂《げっこう》する。

「ああ、そうだ！　だから戦争は、終わらぬッ!!」

麃公と呉慶が再び騎馬を走らせる。闘技場のような兵士たちの壁に囲まれた中で、二頭の騎馬が、距離を取ったまま大きく円を描いて駆ける。

騎馬の走る円が徐々に小さくなっていき、もうすぐ互いの間合いだ。

全てを預けた二人の大将軍に、兵士たちが声を上げ始める。

「麃公将軍!!　麃公将軍!!　麃公将軍!!」

「呉慶将軍!!　呉慶将軍!!　呉慶将軍!!」

先にも増して大きな兵士たちの声を背に、麃公と呉慶が矛と剣をぶつけ合う。

「カアアッ!!」

「シャアアッ!!」

矛と剣の刃が欠けて飛び散り、破片が互いの頬を裂く。わずかな血飛沫《しぶき》が汗に混じる。

馬と馬がぶつかり、麃公と呉慶は、距離を取り直した。

「麃公将軍!!　麃公将軍!!　麃公将軍!!」

「呉慶将軍!!　呉慶将軍!!　呉慶将軍!!」

止《や》むことを知らない声援の中、麃公も呉慶も、一度、息を整える。

二人の間にある緊迫感が、一気に増した。

武器の柄を握る二人の手が、ぎりぎりと音を立てる。

次の一撃で、決める。

互いにそう決意したようだった。

その二人の姿には、覚悟しかない。

騎馬が動いたのは、まったく同時。土煙を上げて二騎が疾駆する。

麃公は秦軍を、呉慶は魏軍を。

どちらもその身に、率いる全ての将兵の命を背負い、最後の一騎打ちに臨《のぞ》む。

まさに、大将軍にしかできない決闘である。

小細工などなに一つなく、真正面から麃公と呉慶がぶつかり合う。

「恨みを晴らすまで、我は退《ひ》かぬッ!!」

呉慶が吠え、麃公が怒鳴り返す。

「来い、呉慶！　この麃公が引導を渡してくれるッ!!」

呉慶が、麃公めがけて剣を振り上げる。

声なき気合いと共に、麃公もまた呉慶へと矛を振るう。

「!!」

決着は、一瞬だった。

呉慶の剣をかいくぐった麃公の矛が、呉慶の胴を真横から薙《な》ぐ。

呉慶の馬と麃公の馬がすれ違い、脚を止めた。

ごふっと呉慶が口から血を吐いた。怒りに満ちていた目から光が消え、ぐらりと馬上で身体が傾く。そのまま声もなく、呉慶が落馬する。

双方の軍の兵士の誰もが黙り込み、しん、と戦場が静まり返った。

ザアッと風が乾いた土埃《つちぼこり》を巻き上げ、吹き抜ける。

死した呉慶の魂を、いずこかに運ぶかのように。

麃公が、地に伏した呉慶を静かに見下ろす。その目には敬意が宿っている。

「見事な大炎であったぞ、呉慶」

敗北し屍《しかばね》を晒《さら》した呉慶の顔には、しかし、後悔の色はなかった。

秦に滅ぼされた王族の生き残りの呉慶は、恨みを晴らすまで戦争は終わらないと言い、死んでいった。

亡国の怨嗟《えんさ》に支配され続けた呉慶の戦は、その生涯と共に今、終わったのであった。

呉慶の死に様に、信は思い出す。

成蟜《せいきょう》の反乱の際、咸陽宮《かんようきゅう》での成蟜派と嬴政《えいせい》派の最後の戦いに介入してきた王騎が、嬴政に「貴方《あなた》様はどんな王を目指しているのですか」、と訊《たず》ねた時のことを。

嬴政の答えは『中華の唯一王《ゆいいつおう》』。

嬴政は、こう語った。

『今まで五百年の争乱が続いたのだ。ならば、あと五百年、争乱の世が続くやもしれん。俺が剣を取るのは、これから五百年の争乱の犠牲をなくすためだ。俺は中華を統一する、最初の王となる』

嬴政の夢が叶《かな》った未来には、呉慶のような恨みに身を焼き尽くす人間は、きっといなくなる。

──政。そういうことなんだな。

信は友、嬴政の夢を叶えるために、己の夢への決意を新たにする。

目指すは大将軍。

嬴政の夢のための、金剛の剣になる。

麃公のその姿は、信の目指す大将軍にふさわしかった。

この場に唯一残った将軍、麃公が、天を衝《つ》くように大きく矛を振り上げた。

成り行きを見守っていた麃公の副官が、ついに宣言する。

「勝ちどきだあああああッ!!!!」

「「「おおおおおおおおおおッ」」」

麃公軍から勝ちどきの声が上がる。

圧倒的に数が多いはずの呉慶軍は声もなく、多くの兵士が武器を取り落とす。その場に膝からくずおれる者もいた。

麃公は、ただ呉慶を討っただけではない。呉慶の情念ごと、呉慶軍の戦意を根こそぎ打ち砕いたのだ。

――これが、将軍の戦いなのか。

勝ち誇る麃公の姿に、麃公を称《たた》えて勝ちどきの声を上げ続ける麃公軍の兵士たちに、信はただ、圧倒されていた。

×　　×　　×

麃公の勝利のあと、呉慶を失った魏軍は、蛇甘平原から魏へと後退を始めた。

陽が傾き始めた頃にはもう蛇甘平原に魏軍兵士の姿はなく、麃公軍騎馬隊もまた、本陣へと凱旋《がいせん》した。

騎馬隊の統率を副官に任せ、麃公は一人、戦場に残っている。

うち捨てられた兵士の遺骸、無数の騎馬の死骸。無残に破壊された戦車の残骸。

引き倒された見張り台。旗竿をへし折られ、踏み荒らされた魏の旗。

激戦で多くの兵士が散っていった戦場は、ただ、黄昏《たそがれ》の静寂《せいじゃく》に満ちている。

風の音すらしない中、近づいてくる蹄の音に、麃公が振り返る。

そこには騎馬に乗った王騎の姿があった。

「ずいぶんとお久しぶりです。麃公将軍」

「おお、王騎か」

麃公と馬を並べた王騎の顔には、普段と変わらない薄い笑みが浮かんでいる。

王騎とその配下は、第一の丘に至るまでに、進行するのに邪魔だった魏軍の一部を容赦なく粉砕し、丘を登る際に守備隊を蹴散らした他は、戦争に関わっていない。

だが王騎が、戦争の大局を変えた一人なのは間違いなく事実だ。

当然、麃公もそれをわかっている。

「貴様が丘の上から睨《にら》みを利《き》かせたおかげで、だいぶ助けられたわ」

と麃公。王騎が微笑のまま返す。

「いえいえ。私はただ、通りかかって見物させていただいただけですよ。あの呉慶を討つとは、さすがです」

その言葉が心からの賞賛なのか、単なる社交辞令なのか。王騎の微笑からは、わからない。

ふっ、と麃公は笑みをこぼした。

「来い、王騎。飲むぞ、酒じゃあ！」

「残念ですが、私は用がありますので──」

辞退しようとする王騎に、麃公は皆まで言わせない。

「酒じゃあッ!!」

「んっふっふっふっ」

人の話を聞こうとしない麃公に呆れたのか、観念したのか。

王騎が、軽く肩を揺らして笑った。

×　　×　　×

夕陽が赤く照らす戦場跡を、信は歩いていた。

魏軍が去ると入れ替わりで丘を降りてきた王騎軍騎馬隊の兵士に信は馬を返し、麃公軍騎馬隊とも離れ、一人になった。

信は徒歩で、羌瘣《きょうかい》たちと別れた第一の丘のほうに向かっている。

どれほど歩いたか。麃公と呉慶の決戦の場まで信は馬をほぼ全力で走らせたのだから、第一の丘からはずいぶんと離れてしまっている。気づけば周囲に残った秦軍の兵士の影もまばらだった。

生き残った兵士の大半は、勝利を祝う振る舞い酒にありつくために、本陣のほうに向かったのだろう。

「……」

進む先、数人の人影が現れた。信が目をこらして見ると、人影はこちらに向かっている。

「お！」

人影が誰か、信は気づいた。なけなしの体力で信は駆け出す。

「おーい！」

手を振りながら、信が駆け寄った相手は、澤圭《たくけい》の伍《ご》の仲間たちだった。

澤圭、尾平《びへい》、尾到《びとう》、そして羌瘣。一人も欠けることなく、全員が生き残っていた。

仲間たちは信を探していたようだ。

「信ッ!!」「生きてた!!」

尾平と尾到が、駆け寄る信を抱き留める。

信と尾兄弟は、同じ村の出身だ。それだけに互いの生存が喜ばしい。

「お前らも、よく死ななかったなッ！」

乱暴に肩を叩き合って喜ぶ、信と尾兄弟。

澤圭が疲れ切った顔で、信たちを見守っている。

羌瘣が、スッと足音を立てずに信たちから離れた。

「……」

無言のまま、羌瘣がその場を後にする。

ややあって、信は羌瘣が立ち去ろうとしていることに気づいた。すぐに羌瘣を追いかける。

追いつくと、信は後ろ姿の羌瘣に声をかける。

「羌瘣！　行くのか、姉ちゃんの仇討《かたきう》ちに」

「……」

羌瘣は無言のまま足を止めたが、振り向かない。

なあ、と信は羌瘣の背に語りかける。

「せめて、みんなと馬鹿騒ぎしてからにしろよ。せっかく勝ったんだしよ」

信をちらりとも見ず、羌瘣が返す。

「……いらん。私は、魏軍のあとを追う」

あー、と信が納得顔になる。

「魏がどっちか知らないって言ってたからな、お前」

「うるさい」

ようやく羌瘣が振り向いた。夕陽のせいなのか、違うのか。羌瘣の顔はやや赤い。

なんにしてもだ、と信は笑みを浮かべる。

「お前はこの戦に来て、俺たちと出会えてよかったな」

「……なにが、だ」

「なにか。お前ちょっと、目つきが変わった気がする」

まじまじと信は羌瘣の顔を見た。やはり少し顔が赤い羌瘣が、視線を逸《そ》らす。

「……気のせいだ」

はっ、と信は短く声を上げて笑った。

「そうかもなっ」

じろりと羌瘣が信を上目遣《うわめづか》いで睨む。

「……逆に。私の方が、ずいぶんとお前たちを助けた」

そうだな、と信が頷き、視線を遠くに向けた。

「俺も、まだまだだ。天下の大将軍になるためには、まだ修行が必要だ」

「修行？」

その問いに、信は視線を羌瘣に戻す。

「ああ。将軍たちを見て思ったんだ。俺も、政と本気で中華を獲《と》るんだったら、もっと修行が必要だと」

じ、っと羌瘣が信を見ている。信は胸を張り、宣言する。

「もっと強くなってるからよ！　絶っ対に帰ってこいよな、羌瘣。お前はもう、俺たちの仲間だからよ！」

羌瘣がどこか気まずそうに、無言のまま視線を泳がせた。

構わず信は語りかける。

「そんで、また一緒に戦って、勝って。そしたら今度こそ、祝杯あげて皆で馬鹿騒ぎして、思いっきり笑おうぜ！」

ハッとしたような顔を、羌瘣が信に向け直した。

「じゃあな」

信は拳を固めて羌瘣へと突き出す。羌瘣も信に歩み寄ると拳を差し出した。

だが羌瘣は拳を合わせず、信の脇腹を軽く殴る。昨夜、羌瘣が手当てした傷のある場所だ。

「痛《いて》えッ！」

顔をしかめる信。ほんの少しだけ羌瘣の表情が緩《ゆる》む。

「じゃあ、な」

くるりと羌瘣は信に背を向け、歩き出した。

昨夜、信は羌瘣に言った。

姉、羌象《きょうしょう》の夢を思い出せば、そんな悲しい顔をしなくて済む、と。

羌象の夢。

『それになにより。思いっきり、笑ってみたい』

羌瘣はもう思い出していたが、信には伝えていない。

伝える義理などないし、意味もない。

立ち去る羌瘣のその頬がわずかに綻《ほころ》んだように見えたが、それは夕陽のせいかもしれない。

終章

新たなる決意

第三十一代秦《しん》国大王嬴政《えいせい》の治める秦と、魏《ぎ》国との戦《いくさ》は、秦の勝利で終わった。

兵力で大幅に優る魏軍の侵略を退《しりぞ》けた秦軍の凱旋《がいせん》を、咸陽《かんよう》は都を上げて歓迎した。

戦では多くの兵士が死んだが、それ以上に得られたものは大きい。

大将軍呉慶《ごけい》を失った魏は軍の立て直しが急務となり、秦への再侵攻まで時間を要するだろう。

逆に秦は、軍の再編程度で次の戦に備えられ、魏への出兵すら可能になってくる。

いずれにしても。中華統一を目指す嬴政の夢は、ここで終わることにはならなかった。

国外、そして国内にも未《いま》だ敵は多くとも、嬴政の覇道《はどう》は続いていく。

そして、嬴政の剣となる信《しん》の夢への道もまた、始まったばかりだ。

×　　×　　×

咸陽宮、軍議の間。

魏軍襲来の一報がもたらされたあの日、暗殺者朱凶《しゅきょう》たちとの戦いで破壊された床の中華地図の模型は、すでに復元されている。

軍議の間にいるのは、嬴政と河了貂《かりょうてん》の二人のみ。二人は今、待っていた。使いの者に、蛇《だ》甘《かん》平原の戦いより戻ったら、まず、この軍議の間に来るように、と伝えさせた相手を。

王都咸陽はどこも、戦勝に沸いている。帰還した兵士たちも、帰りを待っていた者たちも、この平和がどれほど続くかはわからずとも、今だけは勝利に酔っている。

だが嬴政は浮かれてなどいなかった。河了貂も、どこか神妙な面持《おもも》ちだ。

軍議の間の入口に人影が現れる。嬴政と河了貂が揃って見やった先。

「よっ」

軽く片手を上げたのは信だった。戦場帰りで顔すら洗っていないのか、信は薄汚れた格好のままで平然と軍議の間に入ってくる。

信を映した河了貂の瞳が潤《うる》む。

「……信……！」

涙がこぼれ落ちる寸前、河了貂が慌《あわ》ててそっぽを向き、涙を隠した。

信が河了貂に歩み寄り、からかうような口調で言う。

「なんだよ、もしかして俺が死ぬかもって心配してたのか？」

バッと勢いよく河了貂が信に顔を向けた。目元が赤いが、強気で怒鳴る。

「そんなわけないだろ！　それよりお前、ちゃんと手柄《てがら》あげたんだろうな⁉」

信が右腕の肘《ひじ》を曲げて作った力こぶに左手を添え、胸を張る。

「ばっちし、よッ！」

パッと河了貂の表情が明るくなった。

「よし！　お疲れ！」

「おう！」と笑う信に、嬴政が歩み寄る。

「よくぞ、帰還した」

「ああ」と力強く頷《うなず》く信。

河了貂が、なにやら決意をしたような表情になる。

「信。お前がいない間に、俺も決めた」

「あん？」

怪訝《けげん》な顔をした信に、河了貂が宣言する。

「俺も、戦場に出る！」

「はあ？」と信はますます怪訝そうに表情を変えた。

「お前みたいな弱っちい奴なんて、すぐに殺されるぞ？」

河了貂がどこか得意げな顔で、信に言い返す。

「剣じゃない。俺はここを使って戦をする。いつか、馬鹿なお前を俺の頭で助けてやるよ」

河了貂が片手の指で、己《おのれ》の頭をとんとんと叩いた。

「知ってるか、そういうの？　軍師っていうんだぜ？」

はー、と信が短くため息をついた。

「……まあ。好きにしろよ」

「楽しみだな」

信と河了貂のやり取りを見守っていた嬴政は、楽しげな表情だった。

嬴政がちらりと中華地図の模型を見やり、スッと視線を遠くに向ける。

信と河了貂も、嬴政と同じ方へと目を向けた。

それぞれに、目指す夢。言葉にしなくても、三人はわかり合っていた。

×　×　×

咸陽宮、大王の間。

嬴政は、咸陽を離れていたある男の帰参を知り、玉座《ぎょくざ》に腰を下ろして待っていた。

戻ってきた男が謁見《えっけん》を望むかは、わからない。念のため、だ。

文官の重鎮《じゅうちん》たち、魏との戦争に従軍した幾人かの将が、大王の間に居並んでいる。

臣下の列の中に、昌文君《しょうぶんくん》と肆氏《しし》、壁《へき》の姿がある。

壁が、たった今昌文君から聞かされたことに驚愕《きょうがく》する。

「信が、百人将に!?」

ああ、と頷く昌文君。

「先の論功行賞《ろんこうこうしょう》で、決まった」

ううむと壁が唸《うな》る。

「下僕《げぼく》の少年が、わずか一戦で百人将になるとは」

肆氏が横から口を挟む。

「確かに異例の出世だが、現場の将校たちからの推挙《すいきよ》もあったそうだ」

開戦の際の、岩陣《がんじん》突破のきっかけ。

歩兵を蹂躪《じゆうりん》する戦車の破壊。

第一の丘攻撃への先陣。

宮元《きゆうげん》の本陣急襲での活躍。

麃公《ひようこう》騎馬隊を攻撃した戦車隊の撃退。

一歩兵の域を超えた信の奮戦を見ていた現場の将が、かなりいたということだ。

手練《てだ》れと呼べる剣の腕と、馬を見事に操る技術を、信は持っている。

信を百人将に推挙する声が複数、将たちから上がるのは当然のことだった。

昌文君たちの会話で、嬴政も信の一足飛びの昇進を初めて知った。

そうか、と嬉しく思うと共に、決意を新たにする。

「……今度は、こちらの戦だな」

戦。他国とのものではない。ある意味では他国との戦争より、よほど厄介《やつかい》な戦いだ。

昌文君が、傍《かたわ》らの肆氏に告げる。

「肆氏よ、お前がわれらの陣営に加わってくれたことに、感謝する」

「……まだ、あの勢力の足元にも及ばぬがな」

あの勢力。現在、嬴政にとってもっとも危険な者たちのことだ。

当然、それは昌文君も理解している。むしろ昌文君が誰よりも頭を悩ませていた。

「わかっておる」

玉座の嬴政も、あの勢力には、最優先で対抗しなければならないと考えていた。

「……本当の戦いは、ここからだ」

「大王様」

肆氏が恭《うやうや》しく嬴政に礼をし、報告する。

「先日の一件。詳しく調べたところ、やはり、刺客《しかく》を城の深くまで手引きした内通者が、いるのではないかと」

「……」

嬴政は無言。当然、それも考えていたことだった。

「そんなことをできるのは、ただ一人」

と肆氏。肆氏に皆まで言わせずに、嬴政はその男の名を口にする。

「……呂不韋《りよふい》」

秦の丞相《じようしよう》、呂不韋。嬴政たちがあの勢力と呼ぶ呂不韋派の長だ。

竭氏《けつし》が成蟜《せいきよう》の反乱の首謀者として処分されたため、呂不韋が、現在の文官たちの頂点に、ただ一人、立っている。

そして。嬴政を蹴落とし、自《みず》らが大王に成り代わろうとしている男だ。

今の秦において、勢力が強いのは嬴政の大王派よりも、呂不韋派である。

もし、嬴政と信たちが成蟜の反乱を退《しりぞ》けることに失敗していた場合。呂不韋は成蟜を大王殺しの罪で追い落とし、自身が大王の座についただろうと、推測されている。

呂不韋の政治手腕は、超一流だ。敵対勢力ではあっても、今の秦には必要な人材である。

成蟜の反乱の、真の黒幕の可能性が極めて高くとも、今はまだ、呂不韋を裁くことなどできない。

己《おのれ》の一派と二十万の軍勢を引き連れて咸陽を離れていた呂不韋が、今日、戻る。

その時が、訪れた。

大王の間に控えていた伝令が、閉ざされたままの扉の向こうからの連絡を受け、急ぎ昌文君のもとに行き、膝《ひざ》をついて礼をする。

「報告します！　ただいま、呂不韋丞相が到着されました！　昌平君《しょうへいくん》様、蒙武《もうぶ》様と共に、大王様への謁見を望まれております！」

来たか、と嬴政は玉座の上で居住まいを正した。

「通せ」

さっと伝令が下がり、居並ぶ文官たちの表情に緊張が浮かんだ。

昌文君、肆氏、壁。一同の視線が、大王の間の入口に集まる。

現れたのは三人の男。一人は壮年の文官。一人は青年。一人は剣と鎧《よろい》で武装した将。

壮年の文官こそが、呂不韋。

付き従っている青年が、軍略で秦に並ぶものなしと語られる軍師、昌平君。

将が、かつての六大将軍に比肩する武を誇り、王騎《おうき》すらも一目《いちもく》を置く猛将、蒙武。

呂不韋に続き、昌平君と蒙武が並んで大王の間を嬴政の前へと進む。

玉座の前で、呂不韋たちが膝をつき、礼をする。

呂不韋が深々とひとつ頭を下げてから、口を開く。

「見事な勝利でございましたな、蛇甘平原の戦いは。国中の民《たみ》が喜んでおります」

祝いの言葉を口にしても、呂不韋の顔に笑みなどない。

感情すらもあまり感じさせない目を、呂不韋は嬴政に向けている。

その呂不韋の視線を、嬴政は真っ直ぐに受け止めた。

「ああ、兵たちのおかげだ」

ところで、と不意に呂不韋が話題を変える。

「ここ、王宮内でもちょっとした騒ぎがあったという噂を、耳にしました。なにやら、大王様を暗殺しようとした不届きな輩《やから》がいたとか、いないとか」

おそらくは故意にだろう、丞相という立場の人間が人前で口にするにしては不適切で不確かな情報を、持って回った口調で呂不韋が言った。

「……！」

昌文君が顔色を変えた。暗殺未遂《みすい》のことは厳重に秘匿《ひとく》していたからだ。

嬴政が短い沈黙を挟み、呂不韋に問う。

「……その一件は、内密のはずだが。なぜ、知っている？」

呂不韋は眉一つ動かさず、さらりと返す。

「それは、黒幕がこの呂不韋だからでございます」

唐突な呂不韋の告白に、一瞬、臣下たちがざわついた。呂不韋が暗殺を企《くわだ》てたと認めるとは、誰も予想さえしなかったことだ。

ざわつきはすぐに消え、大王の間が静まり返る。

身じろぎ一つできないような緊張の中、最初に口を開いたのは、嬴政だった。

「……冗談はよせ、丞相。そのようなこと、あろうはずがない」

嬴政には、暗殺者朱凶を遣《つか》わせたのが呂不韋だとわかっている。

だとしても。この場で黒幕だと認められては、国が乱れるだけだ。

呂不韋の勢力に対抗できるだけの力を、嬴政はまだ、蓄えられていない。

呂不韋が嬴政を見定めるかのように、じ、と見据える。

しばし後《のち》、呂不韋が高らかに笑い始めた。

「ははははッ!!」

ひとしきり笑い、これまでの無表情が仮面だったかのように、呂不韋が破顔《はがん》する。

「まさに、冗談です。沈んだ空気を和《やわ》らげようと、とんだご無礼をお許しください」

呂不韋の今の笑みこそ演技だと、この場にわからぬものなどいない。

呆然と壁が呟《つぶや》く。

「そんな……」

壁に、肆氏が小声で告げる。

「犯人だと名乗ろうが、捕らえることはできない。それほどの、力の差なのだ」

昌文君は無言で顔を赤らめている。額《ひたい》には血管が浮かぶ。

強烈な怒りを隠さない昌文君にも、肆氏が小声で告げる。

「今は、耐えよ」

「……」

昌文君が無言で、拳を握り固めた。

呂不韋が恭しく、嬴政に改めて礼をする。

「此度《こたび》の顚末。腹心の者どもが必ずや詳《つまび》らかにしますので、ご安心を」

呂不韋は暗に、この件をこれ以上調べるな、と言っている。それがわからない嬴政ではない。

玉座から呂不韋を見下ろす嬴政の目は、ただ、静かだ。

嬴政は怒りさえ隠しきり、呂不韋に告げる。

「よろしく頼む」

今はまだ、戦う時ではない。

いずれ呂不韋とは、必ず決着をつける時が来る。

それまでに力をつけなければと、嬴政は改めて決意した。

× × ×

大小様々な石がごろごろと転がる道を、一人の男に案内されて信は歩いている。

「悪いな、渕《えん》さん」

道案内の男に、信は軽く謝意を述べた。

渕と呼ばれた中年の男が、真面目《まじめ》な口調で返す。

「いえ。壁様より、信殿に力を貸すよう、仰《おお》せつかっておりますので」

渕は、信が懇意《こんい》にしてもらっている将、壁の部下だ。

信が行きたいと望んだ場所を渕が知っていたため、壁から案内を命じられた。

目的地についたあとも、当面は信を助けるよう渕は壁に指示されている。

言葉を交わした、しばし後《のち》。

渕が立ち止まった。少し遅れて信も止まる。

渕が、前方の崖の上にある城を指さした。

「あれが、目的の城です」

かなり立派な城だが、周辺に他の建物は見あたらず、場所も辺鄙《へんぴ》なところにある。

「あのぉ。それで、こんなとこにいったい、何用で？」

と渕。信が即座に答える。

「修行をつけてもらうのさ、王騎将軍に！」

はあ、と渕が真面目な顔のまま、視線を崖の上の屋敷に向けた。

その城の主《あるじ》──秦の怪鳥、元六大将軍王騎に、信は修行を望むというのである。

大将軍に直接、兵士が修行をつけてくれと頼むことは無謀としか言いようがない。

仮に修行をしてもらえたにしても、酷《ひど》い目に遭《あ》わされるのは考えなくともわかる。

下手《へた》をすれば道半ばで命を落とすだろう。

だとしても。信は全身で、強くなれる喜びを表現する。

信がこれ以上ないほどに強く握りしめた拳を、渾身《こんしん》の力で屋敷に向けて突き出す。

「待ってろよッ!!」

待ってろよ、戦場。

待ってろよ、将軍たち。

俺は必ず今よりも強くなる。
誰よりも強くなってみせる。
待ってろよ、漂《ひょう》。
必ず、大将軍になってやるからよ。
そんな決意を胸に秘め、信は一歩を踏み出した。
百人将となった信を、新たな戦場が待っている。

終

ノベライズ版著者あとがき2

『キングダム2　遥かなる大地へ』映画ノベライズ文庫版をお手に取っていただきまして、誠にありがとうございます！

前作に引き続き、ノベライズ版執筆を担当させていただきました、藤原健市《ふじわらけんいち》です。

さて。令和四年の一月、まだ正月気分も抜けきらない頃に、集英社の編集氏から今作のノベライズ依頼がありました。

その頃の私は年末に起こしたオートバイの転倒事故で鎖骨、肋骨六本、踵《かかと》に骨折を負って日常生活もままならなかったのですが、映画『キングダム』の小説です。断るわけがありません。

幸い、骨折の痛みで日常生活に困ろうが両手の指を使うのには問題がなく、医師にもデスクワークだけは許可をもらっておりました。

かくして、咳をする度にあちこちの骨折の痛みで悶絶しつつ、夢中になって映画の脚本から小説への執筆作業を行いまして、締め切りには余裕で間に合いました。

皆さん、映画『キングダム2』は、蛇甘《だかん》平原の戦いです！

ついに本格的な、信《しん》たちの夢への戦いが始まりました！


蛇甘平原の戦いといえば、秦《しん》と魏《ぎ》の、合わせて十数万の兵による合戦。その映画化となれば、あまりの壮大さに映像化を実現できるのだろうか、と個人的には心配になりました。

その心配は杞憂《きゆう》でした。ノベライズ作業のために見させていただいた最終版に近い編集段階の映画は、秦と魏の戦いを見事に映像化していました。


この小説は映画封切り前に発売されています。映画の鑑賞前に手に取ってくださった貴方《あなた》。まったく期待を裏切りませんので、ぜひ、わくわくしながら劇場に足をお運びください。

映画を鑑賞した後に小説をお読みくださった貴方。あの映像の素晴らしさを小説で思い出していただけましたら、ノベライズ執筆担当として、これほど嬉しいことはありません。


私も映画封切り当日に、劇場に行くつもりです。映画は劇場の大画面で、大音量で鑑賞するのがもっとも楽しめると個人的には思いますし、映画『キングダム2』はまさに、劇場のスクリーンでこそ最高に楽しめる作品です。

原先生、映画関係者の皆々様、今回も素晴らしい映画をありがとうございました。
それでは。またの機会に、お会いいたしましょう。

二〇二一年初夏　藤原健市　拝

STAFF

原作:原 泰久「キングダム」(集英社「週刊ヤングジャンプ」連載)

監督:佐藤信介

脚本:黒岩勉　原泰久

製作:茨木政彦　沢 桂一　松岡宏泰　高津英泰　田中祐介　松橋真三
弓矢政法　林 誠　名倉健司　本間道幸
エグゼクティブプロデューサー:瓶子吉久　伊藤 響
プロデューサー:松橋真三　森 亮介　北島直明　高 秀蘭　里吉優也
宣伝プロデューサー:小山田晶
音楽:やまだ豊
音楽プロデューサー:千田耕平
ラインプロデューサー:毛利達也　濱﨑林太郎
撮影:佐光 朗(J.S.C)　美術:小澤秀高(A.P.D.J)
照明:加瀬弘行
録音:横野一氏工
アクション監督:下村勇二
Bカメラ:田中 悟
装飾:青山宣隆　秋田谷宣博
編集:今井 剛
VFXスーパーバイザー:小坂一順　神谷 誠
サウンドデザイナー:松井謙典
スクリプター:田口良子　吉野咲良
衣装 甲冑デザイン:宮本まさ江
かつら:濱中尋吉
ヘアメイク:本田真理子
特殊メイクキャラクターデザイン/特殊造形デザイン統括:藤原カクセイ
中国史監修:鶴間和幸
ホースコーディネーター:辻井啓伺　江澤大樹
操演:関山和昭
キャスティング:緒方慶子
助監督:李 相國
制作担当:斉藤大和　鍋島章浩　堀岡健太

製作:映画「キングダム」製作委員会
製作幹事:集英社　日本テレビ放送網
制作プロダクション:CREDEUS
配給:東宝　ソニー・ピクチャーズ エンタテインメント

CAST

信……………………山﨑賢人
嬴政…………………吉沢 亮
河了貂………………橋本環奈
羌瘣…………………清野菜名
壁……………………満島真之介
尾平…………………岡山天音
尾到…………………三浦貴大
澤圭…………………濱津隆之
沛浪…………………真壁刀義
羌象…………………山本千尋

❖

麃公…………………豊川悦司

❖

昌文君………………髙嶋政宏
騰……………………要 潤
肆氏…………………加藤雅也
宮元…………………高橋 努
縛虎申………………渋川清彦
蒙武…………………平山祐介
昌平君………………玉木宏
呉慶…………………小澤征悦
呂不韋………………佐藤浩市

❖

王騎…………………大沢たかお

この作品の感想をお寄せください。

あて先　〒101-8050　東京都千代田区一ツ橋2-5-10
集英社　ダッシュエックス文庫編集部　気付
原泰久先生　藤原健市先生

■初出
映画　キングダム2 遥かなる大地へ　書き下ろし
この作品は2022年7月公開(配給/東宝　ソニーピクチャーズ)の
映画「キングダム2 遥かなる大地へ」(脚本/黒岩勉　原泰久)をノベライズしたものです。

キングダム2 遥かなる大地へ 映画ノベライズ

2022年7月13日　第1刷発行

原作/原泰久
小説/藤原健市

装丁/岩崎修(POCKET)
発行者/瓶子吉久
発行所/株式会社　集英社

〒101-8050　東京都千代田区一ツ橋2-5-10
03(3230)6229(編集)
03(3230)6393(販売/書店専用)　03(3230)6080(読者係)
印刷所　凸版印刷株式会社

ISBN978-4-08-631476-3

C0193　Printed in Japan

覇を争う春秋戦国大河ロマン!!